孙云晓教育作品集

梦想是成长的发动机

孙云晓 著

江苏凤凰教育出版社

孙云晓50多年写过的日记本

1970年，15岁的留影

1995年，在北京劳动人民文化馆给中学生做咨询服务

1998年9月，在北京中山公园组织家庭教育咨询服务活动

2001年9月出访瑞典，与斯德哥尔摩做义工的小学生合影

2009年，在广东省佛山市南海区罗村实验小学习惯课题研究现场会上与小学生对话

应邀做家庭教育主题讲座

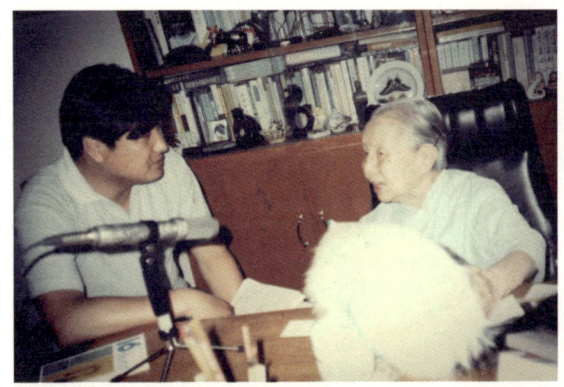

1991年，访谈著名女作家冰心，发表专访文章《让孩子像野花一样自然生长》

1990年，出席全国青年作家创作会议期间，与作家们合影
（左起：常新港、孙云晓、刘健屏、汪国真、沈石溪）

1990年，出席全国青年作家创作会议期间，与部分儿童文学作家合影
（左起：秦文君、程玮、陈丹燕、孙云晓）

序一

家庭生活教育要义

洪　明

家庭"是大自然的杰作之一",是社会的基本细胞,也是人生的第一所学校,和谐幸福的家庭生活奠定人生健康成长的根基。构建覆盖城乡家庭教育指导体系,健全家校社协同育人机制是家庭教育工作的重中之重。指导家庭教育的根本要义是发现并遵循家庭教育的基本规律,让家庭教育回归到它应有的样子。与学校和社会相比,家庭教育的根本特征是生活教育,开展家庭教育指导的着力点是引领家长构建合理的家庭生活。

孙云晓老师是改革开放以来深耕于家庭教育事业并产生重大影响的资深家庭教育研究和实践专家,其新版的《孙云晓教育作品集》可谓恰逢其时。作者以独到的眼光、睿智的思考、丰富的案例、理性的分析,对家庭教育的生活属性、家庭生活教育的基本内涵与表现形式以及家庭教育指导进行了完整的阐释,是当下开展家庭教育研究、从事家庭教育指导重要的参考。新版的《孙云晓教育作品集》中,最具代表性的是《教育的魅力在生活》,我拜读之后获得以下几点重要启示。

第一,要引导家长充分认识到,家庭教育的根本特征是生活教育。相较而言,家庭教育有两个显著特征:一是"奠基的教育"。孩子从出生到入学前所受到的教育主要来自家庭,而这一时期是孩子成长的关键期,家庭教育奠定了学校教育的基础。二是"生活的教育"。生活就是为了生存、发展和提升生命质量而开展的各种活动，主要包括物质生活、精神生活、交往的生活。家庭是过日子的"组织"，过日子是生活的俗称，过上好日子就是家庭的目标，在过日子过程中让孩子获得成长，这是家庭教育应有的样子。尽管学校也要注重教育与生活的结合，但学校教育毕竟以课程为基础兼顾生活，而家庭教育是真正的生活的教育，是"生活所原有，生活所自营，生活所必需的教育"（陶行知语）。购物是家庭生活，家庭购物活动会对孩子的消费观产生很大影响；穿衣打扮是家庭生活，家庭穿着风格会对孩子审美产生很大影响；接物待人是家庭生活，与什么人交往以及如何交往会影响孩子的价值取向和文明礼仪；休闲娱乐是家庭生活，家庭休闲方式会对孩子闲暇教育产生很大影响；家务劳动是家庭生活，家务劳动的分配会对孩子的劳动素质和责任意识产生很大影响。过什么样的日子就受到什么样的教育，这是家庭教育最大的特点。

第二，要引导家长深刻认识到，家庭教育问题的根源在于教育与生活的背离。首先，家庭不良的生活方式影响了孩子的健康成长，背离了教育的宗旨。每个家庭都会基于对生活的理解而形成不同的生活方式，生活方式的外在表现是生活的习惯，其背后支撑是生活的理念。尽管家庭生活方式有地域性和文化性，有一致性和多样性，但我们不得不承认，有的生活方式是健康的，有的生活方式是不健康的，如有的家庭喜欢抱怨、作息不规律、晚睡晚起、贪图享乐、过度消费、喜欢攀比、好逸恶劳等，这些属于不健康的生活方式；有的家庭生活是符合道德的，有的是不符合道德的，如有的家庭爱占小便宜、举止不文明、做人不诚实，甚至不遵纪守法，这些属于不道德的生活方式，自然会对孩子的道德观念形成产生不利影响。其次，不当的教育观、成才观导致教育背离了生活，影响到孩子的健康成长。这种现象极为普遍。当下许多家长依旧坚持应试教育那套做法，把教育等同于升学，过度追求孩子的学业成功，致使家庭教育呈现出高期待、高投入和高焦虑的"三高"现象。在错误观念的引导下，许多家长打着"教育"

的旗号，对孩子的时间进行了"精心"的安排，使得孩子整日忙于各种竞争性学习活动之中，严重挤压了生活的时间，割裂的生活与教育的关系，极易使孩子产生"空心病"和"厌学症"，不仅生活没搞好，最终学习也受到影响。

第三，要真正认识到，优良的家风才是生活教育的源头活水。从根本上说，家庭生活教育就是在合理的生活中引导孩子学会做人，这就需要优良的家风作为保障。家风是父母长辈身体力行并用于约束和规范家庭成员的作风和风范，其核心是价值观。这里面要注重三个关键环节：一是家长要在中华优秀传统家风的基础上，以社会主义核心价值观为指导，构建形成适合新时代需要的优良家风。二是传承家风的关键在于家长的身体力行和严格要求，应该用行动来践行价值观而不是光说不做。三是传承家风的根本是将家风融入到日常生活之中，要让价值观像空气一样无所不在。2014年2月24日，中共中央政治局就培育和弘扬社会主义核心价值观、弘扬中华传统美德进行第十三次集体学习，习近平总书记在讲话中指出："要注意把我们所提倡的与人们日常生活紧密联系起来，在落细、落小、落实上下功夫。"比如，和谐是传统文化核心理念之一，又是当今社会主义核心价值观的重要组成部分，讲和谐并不是要掩盖矛盾，而是要用"和"的方法正确对待矛盾与分歧，就是要在具体生活中能够换位思考、理性表达、善意沟通、平等交流，并把这种思想传递给孩子。再比如，家长应该明白每个人应该有自由，应该追求自由，但自由的内核是基于规律和规范，并不妨碍他人，是真理无禁区、思维讲理性、行动有方向的统一，对孩子既严格要求，又行有依归。

第四，要引导家长能够真正掌握以儿童生命成长逻辑设计美好教育生活的基本规律。许多人能够认识到以生活为本的重要性，但如何让教育回归到美好生活是一个难题。笔者认为，家庭生活教育设计的基本规律是坚持一个中心和两个原则。一个中心是指以儿童生命成长为中心；两个原则是坚持"有意思"的原则与"有意义"的原则，并保持二者相统一。一方面，家庭生活教育中的生活是儿童的生活，不是成人的，不能用成人的生活或者成人自认为正确的生活简单代替或等同于儿童的生活。这正如陶行知所说："要是儿童的生活才是儿童的教育，要从成人的残酷里把儿童解放出来。"一方面，以儿童生命成长为中心的儿童生活应满足儿童需要，符合儿童认知与情感规律，并随着儿童发展的不同阶段而有所变化。儿童早期阶段的生活主要是在父母的养育下的体验行为之中，3岁以后主要体现在父母陪伴之下的各种游戏和探索行为之中，6岁以后主要体现在父母和老师引导下的学习、实践和交往活动之中，12岁以后主要体现在成人参与下的各种主体性活动之中。另一方面，儿童生活设计要符合"有意思"和"有意义"相统一的原则，也就是说，儿童的生活既要让孩子喜欢，又要符合教育目标。要做到这些，首先就要注重生活的多样性。生命的样态决定生活的样态，生命是多姿多彩的，生活也本应该是多姿多彩的，单调枯燥的生活是教育的大敌。其次要处理好他主与自主的关系。要坚持先他主再自主，他主时尊重儿童真实意愿，自主时家长要起到参谋和把关作用。最后要处理好学与玩的关系。一般来说，学龄前的儿童玩就是学，学在玩中；到了小学低年级，学与玩要并重；到了小学高年级以后，应该以学为主，会学会玩。

家庭是生活的"组织"，生活是家庭教育的载体，读懂生活就读懂了家庭教育，学会构建合理而美好的生活，就找到了家庭教育的密码。真正的家庭教育就是要基于对美好生活的向往，学会生活、反思生活、重构生活，如此往复，从而营造完满的人生，成为生活的主人。这是新版的《孙云晓教育作品集》传递给我们的教育信息。

是为序。

洪明，中国青少年研究中心研究员、中国青少年研究会副秘书长

序二

一位跨世纪新教育的忠实守望者

陆士桢

在世纪之交中国教育观念和思想的改革进程中，孙云晓无疑是一位领军人物。从20世纪90年代推动的"夏令营中的较量"大讨论，到21世纪初关于培养孩子习惯养成的奔走呼喊，从"分数是学生隐私"的评判，到"家长应该称父母"的提议，孙云晓关于当代教育的话题常常引起社会强烈的反响，也震撼着众多父母和教育者的心灵。

孙云晓以一名作家的敏锐，加之青少年理论工作者的深邃，更有对青少年那种理性的、透彻的爱，在对当代青少年生存、学习、发展环境及状况深入观察思考的基础上，提出了一系列关于青少年权利价值及当代教育思想观念的精辟观点，尖锐、强烈地批判了现存教育在观念、体制、方法等方面与时代发展相背离的误区与弊病。孙云晓的一系列教育作品，是他对当代教育，特别是家庭教育的真诚、系统的建议，也是他教育思想的理论总结和阐述。

阅读孙云晓的教育作品，我们可以深切地感受到作者对于青少年儿童的信任和关爱，感受到他对当代教育深深的忧虑和反思，更能领悟其理论上的深刻及其独有的思想魅力。

首先，孙云晓的教育思想具有深刻的批判性。批判是创新的基础和前提，也是一切有价值的思想理论的共同特征，是一种理论的力量所在。孙云晓关于中日孩子夏令营的思考和呐喊,给了国人以"孩子的教育与综合国力"间重要关联的警醒和深思;孙云晓关于孩子与父母之间位置、关系,乃至称呼等全方位的、多次反复的思考,让更多的国人更急迫地从儿童权利的视角去审视亲子关系,去反思在教育过程中自身的态度和方式;孙云晓率中国青少年研究中心研究人员进行的关于中国少年儿童学习压力、身心健康、同伴关系等生存状态的多项调查,提醒国人重视孩子现实生活中的实际状况,并从儿童健康发展的基础条件角度,进一步认识目前教育中存在的问题。特别值得一提的是,他提出了"德育为什么成了一壶烧不开的水"等关键问题以及"良好习惯是健康人格之基"等重要观念。作为一项研究成果,问题的提出、研究的设计、结果的分析、对策的建议,都立足于对现实儿童成长问题,对教育,特别是家庭和社会教育中误区的质疑、反思、批评,都渗透和体现了一种强烈的现实批判精神。

改革开放以来,对教育的反思是社会整体改革发展的重要组成部分,也是全社会共同关心的重大社会问题之一。反思与批判视角不一,多种多样。在众多的批判声中,孙云晓的批判不仅尖锐犀利,而且紧紧抓住了当下教育的根本弊病,即对少年儿童自身的忽略。自古以来,教育就是人类繁衍、传承知识技能的社会性行为,教育以社会为本,强调为社会培养需要的人才,这正是传统社会中教育社会功能的一种定位。

正是过分强调教育的社会功能,往往忽略甚至扭曲受教育者的个体人格,以至于酿成中国教育的种种悲剧。孙云晓对传统教育的批判涉及方方面面,但其核心紧紧抓住了这一根本问题,这也就使其批判在理性、价值、系统等诸多方面具备了理论批判在内涵上的生命力和力量。

其次,孙云晓的教育思想核心价值明确,凸显了受教育者的主体地位和儿童权利观念[①]。近年来,孙云晓经常发表一些有关教育批判或教育问题

---

① 《儿童权利公约》中的儿童与《未成年人保护法》中的未成年人一样,都是指18岁以下的任何人。

的文章、言论，有的甚至震动社会；他还提出了不少积极的教育建议，有的十分生动具体。我们在《孙云晓教育作品集》中可以看到丰富多彩的内容。

平常在我们眼里司空见惯的教育现象，孙云晓却有了新的发现，关键是他有一种不同于传统教育者的视角——儿童视角。他善于从儿童自身出发，去观察并思考教育，去认识教育过程中的各种关系。这就使他有了不同于他人的视野，也使得他的教育论述具有了面向未来的超前性和创新性。社会的发展和变迁直接影响了教育的功能、使命、目标，也影响了教育过程中教育者与被教育者之间的根本关系。现代社会以人为本，强调人在社会发展中的主动性和自由充分发展的功能，教育的目标逐渐定位于促进个体的持续性发展，在教育的过程中，人不再是被动的被塑造者，而是具有发展潜能的、独特的、自主的主动者。

在社会发展中，儿童往往会比成人更快、更直接地接纳新的观念和价值，也会因此与成人社会发生越来越多的冲突。孙云晓研究中的儿童视角，不仅表现在他对当代儿童生存状态的多重描述上，也表现在他研究整体的一种超前与创新上。

从一定意义上说，在当代儿童社会教育的研究领域里，孙云晓很多时候充当的是一种儿童代言人的角色。这种代言，绝非简单地为儿童说话，而是代表儿童发展本质需求的代言，是面向未来的代言。创新是一种精神，也是一种理论品质。教育理论的创新不在于提出什么新的、未曾使用过的方法，甚至是别人没有说过的观点、意见；教育理论的创新，最主要的是基本价值和核心理念，是体现于外在形式上的一种内在精神。孙云晓的教育理论，闪光之处恰在于此。

此外，孙云晓的教育理论体现了现代理论研究的特色，重视实践指导性。从书斋走向实践，从空泛的理论阐述走向具体的实证研究，是现代理论研究的发展趋势。在越来越多的领域里，一种理论的价值不仅取决于其核心观点、学术体系、理论的严谨性等传统元素，更多的还取决于其对实践的指导意义和具体的实践功能，研究过程也由重视理论的逻辑推断，转化为重视实证的、个体性的描述和研究。

《孙云晓教育作品集》中的众多论证，既体现了理论研究的科学严谨，也突出了对现实教育，特别是社会教育、家庭教育的指导作用，较好地体现了现代社会研究的发展趋势。阅读孙云晓的一系列教育作品，我们会发现，他在提出问题引起父母和教育者的警觉、分析原因、讲清道理之后，总会认真详细地作出对策性建议。

读孙云晓的书，可以深切地感受到：他所提出的问题大都是我们家庭、学校、孩子父母身边的，甚至是我们每日每时都会遇到的；他所作的分析，也都是我们熟悉的，贴近我们所思所想的；他给予的指导，是我们能够做到的，是生动具体的。

读孙云晓的书，总能够使我们在获得思想启迪的同时，更获得一些具体生动的教育建议、教育行为指导。这在今天各种教育思想流派流行共存，各类家教指导人物、书籍众多，"专家""大师"泛滥的情况下，具有特别重要的意义。教育是科学，在社会变迁、整体价值多元的情况下，教育的指导更需要科学和理性。而只有建立在相关研究基础上的具体、实际的家教建议，才是真正有指导意义的、有效能的好建议。

孙云晓是一个儿童工作者，他牢固树立了一个儿童工作者的职业伦理——热爱儿童、尊重儿童、以儿童为本，这样的伦理深入到他的研究和写作之中，就使得他的研究在整体上恪守了很多人很难获得的一种基本价值体系，并以此构建了自己的教育思想，准确地说，是社会教育的研究体系和理论框架。

孙云晓是一个青少年理论研究人员，他坚持理论研究的科学性和严谨性。多年来，他主持了多项关于少年儿童的课题，团结了一大批教育学、心理学、社会学、法学、传播学等专业学科的专家学者，发表了一系列有关少年儿童生存发展的研究成果，这就使得他的教育方面的书籍和文章具备了一种科学的底蕴，有了在研究基础上的学术底气，并以此确立了他在少年儿童研究领域里的独有地位。

孙云晓以一名作家的细腻和敏锐，以一个文人的独立思维，去观察儿童的生活，去观察教育过程中的种种现象，去思考相关的问题。曾经的记者生涯给了他笔耕的勤勉，给了他责任赋予的力量，也给了他在细微之处思索社会大问题的习惯，这就使得他的书籍和文章在科学理性的基础上还颇具文学性，哪怕是一项研究成果的发布，也更多地具有了人文气息，具有读者易于认识与理解的特点。

　　正是凭借这样的多重身份，孙云晓在教育研究领域拥有了属于自己的特点；也正是这些特点，成就了他的多彩与成功。

　　以上是我从儿童社会工作，从青少年研究，从教育变革角度，对孙云晓多年来的努力所作的思考，是为序。

陆士桢，著名青少年教育专家、中国青年政治学院教授

序三

孙云晓：童年的捍卫者

卜 卫

认识孙云晓对我来说是一件非常快乐的事。就在写序的头天晚上，我们在儿童剧场一起观看了第一部由儿童与成人一起主演的儿童剧《弹珠巫婆魔法国》，我们都对剧中出现的"巨婴"形象非常感兴趣。哭着的"巨婴"几乎占据了大半个舞台，他一出现，便引起小孩子们的惊呼，而那个魔法无边却总是烦小孩子的巫婆奶奶倒比他小好多好多。孙云晓说，这让他想起了陶行知的一句诗："你若小看小孩子，便比小孩还要小。"

当时，我几乎与他同时脱口而出。我们都很喜欢这首《小孩不小歌》，全文是：

> 人人都说小孩小，
> 谁知人小心不小。
> 你若小看小孩子，
> 便比小孩还要小。

认识孙云晓的快乐就来自这种寻找儿童世界的共同感觉。从 1988 年相识，到 1991 年开始合作进行儿童研究，至今 30 多年了，我们一直试图研究如何从儿童的视角来理解这个世界以及这个世界对儿童成长的影响。

我不能忘记孙云晓的报告文学作品《"邪门大队长"冤屈》。因为在成长过程中，几乎每个孩子都有被冤枉的历史，几乎每个孩子都有想说而难以说出口或不敢说出口的话，几乎每个孩子都渴望得到大人的理解和尊重。回顾我们刚刚成长为大孩子，还没有学会尊重小孩子时，我们往往对比我们小的孩子不屑一顾；但当我们再长大些，我们就逐渐知道了：人，无论大小，都应该受到尊重。我们的社会化不仅应该包括学习与各种文化层次不同、社会背景不同的人沟通，也应该包括学习与各种年龄的人沟通。因为这个世界上不仅有大人，还有儿童。真正成熟的人应该是尊重儿童并有能力与儿童沟通的人。

儿童需要教育，但如何教育儿童，是一个非常值得讨论的问题。在这里，我想分享陶行知的《教师歌》：

来！来！来！来到小孩子的队伍里，发现你的小孩。

你不能教导小孩，除非是发现了你的小孩。

来！来！来！来到小孩子的队伍里，了解你的小孩。

你不能教导小孩，除非是了解了你的小孩。

来！来！来！来到小孩子的队伍里，解放你的小孩。

你不能教导小孩，除非是解放了你的小孩。

来！来！来！来到小孩子的队伍里，信仰你的小孩。

你不能教导小孩，除非是信仰了你的小孩。

来！来！来！来到小孩子的队伍里，变成一个小孩。

你不能教导小孩，除非是变成了一个小孩。

孙云晓任主编多年的《少年儿童研究》杂志的封面上，曾经有一行醒目的标语："教育孩子的前提是了解孩子"。

多年过去，今天，当我问孙云晓，什么是他最重要的教育观点时，他说是"发现孩子""解放孩子""发展孩子"。从他发表的各种著作中，不难看出，陶行知的尊重和平等的思想深深地影响了他。

与其他儿童研究者不同，孙云晓是从数万封儿童与青少年的来信开始进入儿童教育研究领域的。我清楚地记得，20世纪90年代初期，在他简陋的办公室里，有一张堆满书籍和杂物的单人床，床下有成箱的儿童和青少年来信。他曾对我说："我对教育的看法主要不是来自理论，我真说不出那些流派，我的看法主要来自生活，来自对中国儿童命运的思考。"1993年少年儿童报告文学集《16岁的思索》（该作品集荣获全国优秀儿童文学奖）出版以后，他接到了少男少女来信2500多封，并对其中1500多封信作了回复。无论讨论什么话题，或分析什么现象，发现和理解儿童的世界永远是孙云晓研究问题的起点。

教育从发现和理解儿童开始，这对许多大人来说，并不是一件容易的事情。因为多数大人想当然地认为，儿童有什么好理解的，有什么可发现的，他们那点儿事一目了然；也因为大人总认为自己比儿童"高明"。可即使在我们能够发现和理解儿童以后，我们将对儿童进行什么样的"教育"也是个需要严肃讨论的问题。这个问题的背后其实是儿童观问题，即童年生活的价值是什么：是为成长为现在标准的成人（或成人理想中的成人）作准备，还是应当享受童年生活，日后成长为儿童自己愿意成为的那种人？历史上已有很多教育学家探索过这一问题。

卢梭认为，儿童期是个体生命发展的重要时期，其重要意义不仅仅是成人生活的预备，儿童应该享受大自然赋予的童年生活。只有经过这样的阶段，儿童身心的健康发展才有可能。儿童的现在和将来是一个连续发展的过程，教育不应为儿童的未来牺牲儿童的现在，而使他们受到各种各样的束缚，教育应该重视儿童的现在。

美国教育家杜威同卢梭一样，主张儿童的心理需求要从儿童现在的角度来考虑，而不是从儿童未来的角度来考虑。杜威也充分肯定了童年生活的价值，他指出："生活就是生长，所以一个人在一个阶段的生活，和在另一个阶段的生活，是同样真实、积极的，这两个阶段的生活，内容同样丰富，地位同样重要。因此，教育就是不问年龄大小，提供保证生长或充分生活的条件的事业"，教育者要"尊重未成熟状态"。①

对教育的这种反省和批判，同样也出现在意大利著名教育家蒙台梭利的论著中。她在《儿童教育》一书中指出："像所有别的人一样，儿童有着他自己的人格。他自身具有创造精神的美和尊严。"现代教育的错误在于"经常注意的是儿童的明天，他将来的生活。现在从来没有被严肃地考虑过。所谓现在，我的意思是儿童为了要能按照儿童期的心理需要充分地生活，他要求些什么……"②

在对教育目的的探讨中，美国现代教育家克伯屈提出，在现代，我们应该提倡一种新的教育理论。这种理论把出生后的儿童看作有行为、有感觉的人，而且借助于尊重和利用儿童现在的状况，帮助儿童把目前的生活变成更有效、更高质的生活。"这种强调儿童的现在并不否定适当重视儿童的将来。""我们希望这种对更广大、更遥远前景的重视是从内部发展起来的，即逐渐发展起来的，而不是如陈旧教育的通常办法，是从外部强加于儿童的。"③

如果承认儿童是完全的独立的个体，那么，教育的目的也需要相应改变。以往教育的目的是为了更好地延续种族或为了更好地完成成人社会赋予儿童的使命，但是现代教育就要考虑儿童如何能更好地发展自己的天赋能力，以获得个人完善、幸福，进而促进人类社会的进步。1996年，联合国教科文组织的国际21世纪教育委员会发布了题为《教育——财富蕴藏其中》的报告，报告从理论上针对"学会生存"这一主题进行了阐述。报告指出："教育新概念应该使每一个人都能发现、发挥和加强自己的创造潜力。"④教育

---

① 杜威.民主主义与教育[M].北京：人民教育出版社，1980：29-33.
② 蒙台梭利.儿童教育[M].北京：人民教育出版社，1980：90-91.
③ 克伯屈.学习的现代理论[M].北京：人民教育出版社，1980：54-55.
④ 联合国教科文组织.教育——财富蕴藏其中[M].联合国教科文组织总部中文科，译，北京：教育科学出版社，1996：76.

不仅是一种手段（如达到技能、经济目的等），也是获得幸福的目的本身，其基础是乐于理解、认识和发现。教育对个人的作用不仅表现在扩大自己的潜力方面，还应该表现在获得对外界的选择和判断能力方面。在这方面，报告指出："教育的首要作用是使人类有能力掌握自身的发展。教育应当促进每个人的全面发展，即身心、智力、敏感性、审美意识、个人责任感、精神价值等方面的发展。应该使每个人尤其借助于青年时代所受的教育，能够形成一种独立自主的、富有批判精神的思想意识，以及培养自己的判断能力，以便由他自己确定在人生的各种不同的情况下他认为应该做的事情。"在21世纪，"教育的基本作用，似乎比任何时候都更在于保证人人享有他们为充分发挥自己的才能和尽可能牢牢掌握自己的命运而需要的思想、判断、感情和想象方面的自由。"①

总之，学会生存要求更充分地发展自己的人格，并能以不断增强的自主性、判断力和个人责任感来行动。正如这份报告所指出的："未来的学校必须把教育的对象变成自己教育自己的主体"，而"受教育的人必须成为教育他自己的人"。孙云晓正是在这个意义上挑战传统的教育观，挑战"应试教育"，因为原有的教育观点和教育方法没有"尊重儿童的生命状态"，也没有尊重儿童的个性。在他看来，发现和理解儿童不是为了更有效地用成人既定或僵化的标准来教育儿童，而是为了更好地"尊重儿童的生命状态"。他针对父母们的各种不尊重儿童发展需求和个性的"强为"现象，倡导"父母无为乃大为"，提出"教育的核心不是传授知识，而是培养儿童的健康人格"。

我曾参加央视《实话实说》中的一个关于动画片的节目，当主持人问孩子们为什么喜欢看动画片时，许多孩子一齐拉长声说"受——教——育"。孙云晓曾将这类现象概括为"集体失语"。孩子们按照统一的成人的标准

---

① 联合国教科文组织.教育——财富蕴藏其中[M].联合国教科文组织总部中文科, 译, 北京：教育科学出版社, 1996：85.

塑造着自己，结果失去了自己。教育应该使每个人发现自己，发展自己的潜能，并对自己影响、控制环境的能力感到越来越自信，而不是相反。教育不是机器，儿童也不是批量生产的产品。

多年来，孙云晓挑战了无数在大家看来非常正常的教育方法，提出了许多与其相反的教育观点，诸如："向孩子学习""教育孩子的前提是了解孩子""没有信任就没有教育""'听话'儿童可能是问题儿童""教子应有平常心""为确保小学生10小时睡眠而奋斗""让孩子对自己的过失负责""给孩子自由支配的时间，人的幸福离不开自由的选择""世上没有坏孩子""考试分数应当成为学生的隐私""没有秘密的孩子长不大""让每个孩子都体验成功""儿童教育从体育开始""孩子没有朋友比考试不及格更严重""好的关系胜过许多教育""没有尊重的爱是一种伤害""父母要做童年的捍卫者""要像保护眼睛一样保护孩子的创造精神""让孩子成为他自己""打开孩子身上的枷锁""教育就是唤醒孩子心中沉睡的巨人""让每个孩子都有梦想"，等等。以上罗列的只是其中一小部分。这些观点，并不是煽情的口号，孙云晓用事实论证了这些新的观点比传统观念更有益于儿童的幸福生活和健康发展，并针对每一个观点，为教师和儿童父母提供了如何具体实行的建议。

现在看来，这些观点已为大多数人所接受，但有些观点在刚提出时遇到了甚为激烈的质疑和反对，例如"考试分数应该成为学生的隐私"等。这也就是为什么我要把孙云晓的做法称作挑战的原因。1997年，我曾在孙云晓主编的杂志《少年儿童研究》上发表了题为《儿童的权利》的文章，尽管当时中国政府已经签署了联合国《儿童权利公约》达七年之久，但此文还是遭到了"儿童如果有这么多权利，我们还怎么教育儿童"的质疑，并导致某个地区集体退订《少年儿童研究》。当我向孙云晓表示歉意时，他说："这是正常的，这也正是我们工作的价值和意义。"

在我的心目中，孙云晓的形象就是儿童的发现者的形象，也是一个挑战者的形象，一个为了儿童利益而随时准备出发的挑战者。谁都不能保证孙云晓的每一个观点都是正确的，但至少，他的发现和挑战使人们重新思考以往许多看似自然合理但可能束缚儿童发展的观念，由他的这些挑战引发的广泛的社会讨论，产生了许多新的有关儿童教育的观点。《夏令营中的较量》所引发的全国范围内的素质教育大讨论就是一个明证。他的发现和理解儿童的能力，使他始终保持了对儿童问题的高度敏感性，而他与儿童共悲欢的性格则使他似乎命中注定要成为这样一个挑战者。我们的社会实在需要更多像孙云晓这样的发现者和挑战者。

孙云晓是一个研究儿童问题的专家，但他永远真诚地面对自己的长处和短处，既不在他不懂的方面自命为专家，也不盲从专家。他会从他所观察到的有关儿童的社会事实中鉴别专家的看法，尽量用科学的思维方式来思考。他以一颗赤子之心尊重科学和有经验、有思想的研究者，并始终对科学研究怀有敬畏之情。

《孙云晓教育作品集》从发现儿童的视角出发，记录了孙云晓自20世纪80年代以来挑战传统教育的过程，对所有关心儿童教育的人来说，这套书都值得一读。

卜卫，中国社会科学院新闻与传播研究所教授、博士生导师、媒介传播与青少年发展研究中心主任

前言

养成阅读习惯50多年了，我每读到一本书，脑海中都会跳出这样几个问题：作者是什么样的人？他为什么写这本书？他会怎样写这本书？如今，这一套新版《孙云晓教育作品集》出版了，或许读者朋友也会有一些类似的问题，作为作者，我愿意如实回答读者朋友的疑问。

我在青岛一个工人家庭长大，11岁（1966年）养成阅读的习惯，并开始顽强而持久的文学梦。1973年，17岁的我走上教师岗位，担任青岛市某区的少先队总辅导员，1978年被推荐进入中央团校学习。没想到，结业后我被团中央调入《中国少年报》做编辑和记者，9年采写儿童的实践让我产生了研究儿童的强烈愿望。于是，1987年，我主动调入中国青年政治学院青少年研究所，1991年转入中国青少年研究中心，专职做少年儿童研究28年，主持了"习惯养成""中美日韩中小学生比较"等许多研究课题。2015年退休至今，先后在中国教育学会家庭教育专业委员会、中国家庭教育学会、教育部家庭教育指导专业委员会等机构任职，专门做家庭教育研究。到2023年1月，我做儿童教育整整50年。

在做儿童教育的后30多年，我越来越关注家庭教育。《孙云晓教育作品集》收入的5本著作正是聚焦于我特别关注的五大问题。

第一本是《教育的魅力在生活》。家庭教育究竟是什么样的教育？或者说，什么样的家庭教育最有利于孩子的成长？2016年12月，中国教育三十人论坛邀请我做讲演，我发表了《新家庭教育宣言》，并在《中国教育报》刊出。我的一个核心观点是家校合作的方向不是把家庭变为学校，而是要让家庭更像家庭，因为家庭教育的本质属性是生活教育，越有魅力的家庭生活越有利于孩子的发展。2016年，首都师范大学聘请我担任该校家庭教育研究中心特聘教授，随后担任两届家庭教育方向硕士研究生的导师，我带领研究生宿金金、梁丹及往届研究生卢宇等人，专门进行了家庭生活教育方面的研究，并发表了系列成果，本书也选用了当时的部分研究成果。2021年10月23日，第十三届全国人大常委会通过了《中华人民共和国家庭教育促进法》，将"道德品质、身体素质、生活技能、文化修养、行为习惯"确定为家庭教育的核心内容，这是对家庭生活教育的完整概括，也改变了长期以来家庭教育沦为学校教育附庸的扭曲地位。经过几年的用心积累，我撰写了《教育的魅力在生活》一书。特别感谢著名家庭教育研究者洪明博士认真阅读本书并作序，从"家庭生活教育要义"的高度深刻论述了生活教育的核心内容及相互关系，可谓高屋建瓴、言简意赅。然而，时至今日，家庭生活教育依然被严重忽视，相信《教育的魅力在生活》一书自有其特殊价值。

第二本是《孩子需要理性爱》。2021年11月3日，《人民政协报》第9版"教育在线周刊"发表我的长篇文章，题为《新时代，如何做强大的父母》，引起强烈的反响。我为什么提出这样一个问题，因为今天的青少年儿童被称为强国一代，没有强大的父母，怎么可能有强大的一代？父母们不应该总是被指责、被训斥，而是需要得到更多尊重、支持和帮助。我提出："只要做到陪伴、榜样、发现、尊重、支持、成长，就是好父母，就是强大的父母。"多年前，我与研究团队曾经总结出一个规律性的发现：父母能否教育好孩子不是取决于学历、收入和社会地位，而是取决于教育素养，即教育理念、教育方法和教育能力三个要素。经过沉淀和思考，我发现所谓强大的父母是理性的父母,因为孩子成长最需要理性的爱。《孩子需要理性爱》一书,是我对新时代父母教育素养的最新思考与核心建议。

第三本是《良好习惯缔造健康人格》。在中国青少年研究中心工作多年,我养成一个习惯,即习惯于以研究为基础来讨论问题,本书正是基于本人连续十年主持教育部关于儿童习惯与人格关系研究的国家课题而写成。如美国著名的人格心理学家奥尔波特所说,人格是决定人的独特的行为与思想的个人内部的身心系统的动力组织。需要、动机、兴趣、理想、价值观和世界观等人格倾向性,影响着能力、气质和性格等人格心理特征。我们在北京十一所小学开展的为期一年的实验研究表明,良好习惯的养成有助于健康人格的发展。习惯的养成一般要经过暗示、惯常行为和奖赏三个环节,其中奖赏包括内心满足和成功体验,决定了惯常行为能否养成习惯。我们的研究发现,习惯是由被动到主动再到自动的过程,而习惯养成需要经过六个步骤,即激发动机、明确规范、榜样教育、持久训练、及时评估、形成环境。当然,好习惯的养成是人的解放而不是枷锁,所以,习惯的养成需要尊重儿童的主人地位和权利。《良好习惯缔造健康人格》一书有两个特色:一是突出了习惯养成与人格培养的关系,二是从多角度提供了习惯养成的策略与方法。

第四本是《文化反哺呼唤共同成长》。本书原名《向孩子学习:一种睿智的教育视角》,也是基于本人主持的中国青少年研究中心相关课题,并感谢康丽颖教授和受访专家及课题组其他成员的贡献。当代的父母与教师会经常发现,信息时代动摇了成年人的权威地位,青少年儿童身上有许多新品质与新能力影响着成年人的生活,而这就是文化反哺或后喻文化的鲜明特征。《中华人民共和国家庭教育促进法》倡导的9种家庭教育方法之一,即"相互促进,父母与子女共同成长",可以视为《文化反哺呼唤共同成长》的主题。显然,父母依然是孩子的教育者,甚至是家庭教育的主体责任人,但如果能够敏锐地发现孩子的优点并真诚地向孩子学习,将会获得更为亲密的亲子关系,取得良好的教育效果。师生关系同样如此。

梦想是成长的发动机

《文化反哺呼唤共同成长》有三个特色：一是转变观察儿童的观念与视角，二是倾听孩子心灵深处的声音，三是提供许多与孩子共同成长的方法。

第五本是《梦想是成长的发动机》。本书是我第一次与大家分享的"私房菜"。我从15岁（1970年）开始坚持写日记，至今已经有50多年了。本书将50多年的若干日记浓缩为250余篇，并伴以多篇回忆和分析的文章，让读者朋友看到本人真实的成长轨迹。人生看似杂乱无章，甚至充满了意外，实际上是有规律可寻的。在《孩子需要理性爱》一书中，我两次引用飞向太空的宇航员刘洋2022年6月给孩子的信，她的感悟很深切："人生一定要有梦想，那将是你生命中的光，心中有梦想，生活中就有光，即使身处黑暗，即使身处困境也总能看到方向，那束光将引导你走出泥淖，走向万丈光芒。"我年近七旬，回首往事时，最惊讶的是少年时代养成的阅读、写作和讲演三个习惯改变了我的命运，而最重要、最强大的内驱力就是文学梦和教育梦。所以，我以《梦想是成长的发动机》命名本书。北京师范大学心理学家陈会昌教授坚持24年跟踪200多名孩子的成长经历，最终发现是主动性、自控力和情绪稳定性起了关键作用，而这"三颗种子"是健康人格的核心要素。我用半个多世纪的成长体验证明，主动性就像引擎一样，需要人生理想或梦想的熊熊燃烧提供巨大的动力。从某个角度来说，《梦想是成长的发动机》以个案的方式，印证了《良好习惯缔造健康人格》一书的结论，证明良好习惯成就幸福人生。父母们如果能够引导孩子养成三到五个重要的好习惯，就是最好的教育，最理性的爱，自然也是给予孩子终身受益的珍贵礼物。

前面说这是新版的《孙云晓教育作品集》，莫非还有旧版？是的，早在2007年，江苏教育出版社曾经出版了一套《孙云晓教育作品集》，其中包括《教育的核心是培养健康人格》《教育就是培养好习惯》《捍卫童年》《教育从尊重开始》《与孩子一起成长》《唤醒孩子心中沉睡的巨人》等。当时，我在前言里写下"作者的话"："我叹服江苏教育出版社的非凡胆识，是他们说服了我，并付出艰辛劳动，才使我的第一套教育作品集问世。"

这是我从事儿童教育 34 年的一个总结，尤其是代表了我专职做少年儿童研究 20 年的主要收获。我还特别写道："当一种思想或理论提出的时候，最好的结果不是被赞颂而是被讨论或争鸣。这就需要立论者回应，并适当修改自己的思想或理论，从而给社会留下真正的财富。从这个角度看，任何人的作品集都应当尽可能在头脑清醒时出版。"

转眼 16 年过去了，在头脑非常清醒的状态下，我完成了新版的《孙云晓教育作品集》，虽然目前只有 5 本，却是经过长期积淀后的新思想、新总结，尤其是对于家庭教育规律与特点的新认识和新观点，也是对广大读者与同行朋友反馈的用心回应，自认为新版质量远胜于旧版。

2022 年是《中华人民共和国家庭教育促进法》实施元年，这是一个伟大事业的新起点，自然有太多的问题需要探索。我殷切希望新版的《孙云晓教育作品集》能够给予父母与教师朋友切实的帮助，并有益于学校、家庭、社会协同育人的和谐发展。

孙云晓

2024 年 1 月于北京云根斋

目　录

序一　家庭生活教育要义（洪明） / 001

序二　一位跨世纪新教育的忠实守望者（陆士桢） / 005

序三　孙云晓：童年的捍卫者（卜卫） / 010

前言 / 001

引子　童年的梦想与三个习惯改变了我的一生 / 001

第一章　梦起少年时

日记 001—日记 010 / 003

人生回眸之一：狂野的童年 / 008

第二章　难忘少年宫

日记 011—日记 016 / 013

人生回眸之二：童心一醉五十年 / 017

第三章　1978，在中央团校

日记 017—日记 025 / 023

第四章　中国少年报：我的大学

日记 026—日记 034　　　　　　　　　　　　　　　　　/ 031

人生回眸之三：山东汉子当了知心姐姐　　　　　　　　　/ 037

第五章　多高的墙，多深的基

日记 035—日记 042　　　　　　　　　　　　　　　　　/ 043

人生回眸之四：如何让孩子养成阅读习惯　　　　　　　　/ 048

第六章　56 个民族儿童夏令营在北京开营

日记 043—日记 047　　　　　　　　　　　　　　　　　/ 057

第七章　板凳宁坐十年冷

日记 048—日记 053　　　　　　　　　　　　　　　　　/ 063

第八章　加入中国作家协会

日记 054—日记 062　　　　　　　　　　　　　　　　　/ 069

人生回眸之五：改变一生的文学梦　　　　　　　　　　　/ 076

第九章　尝试长篇小说的创作

日记 063—日记 069　　　　　　　　　　　　　　　　　/ 087

人生回眸之六：写作习惯为什么特别重要　　　　　　　　/ 093

第十章　主编《少年儿童研究》的日子

日记070—日记098　　　　　　　　　　　　　　　　/ 099

第十一章　课题研究

日记099—日记106　　　　　　　　　　　　　　　　/ 117

第十二章　女儿的选择与梦想

日记107—日记124　　　　　　　　　　　　　　　　/ 125

第十三章　拥抱网络时代

日记125—日记130　　　　　　　　　　　　　　　　/ 139

第十四章　习惯研究：十年磨一剑

日记131—日记137　　　　　　　　　　　　　　　　/ 145
人生回眸之七：讲演习惯需要从小培养　　　　　　　/ 152

第十五章　国际学术交流

日记138—日记148　　　　　　　　　　　　　　　　/ 159

第十六章　感恩生活

日记149—日记155　　　　　　　　　　　　　　　　/ 169

第十七章　珍惜每一天

日记 156—日记 175　　　　　　　　　　　　　　　/ 175

第十八章　退休依然是黄金时代

日记 176—日记 190　　　　　　　　　　　　　　　/ 191

第十九章　亲情友情故乡情

日记 191—日记 206　　　　　　　　　　　　　　　/ 201

人生回眸之八：无字家规　　　　　　　　　　　　　/ 210

第二十章　开启世界之旅

日记 207—日记 218　　　　　　　　　　　　　　　/ 215

第二十一章　让家庭教育回归与创造美好生活

日记 219—日记 239　　　　　　　　　　　　　　　/ 225

人生回眸之九：母爱如水　　　　　　　　　　　　　/ 236

第二十二章　新时代需要强大的父母

日记 240—日记 253　　　　　　　　　　　　　　　/ 241

附录　孙云晓个人著作目录　　　　　　　　　　　　　　/ 249
后记　　　　　　　　　　　　　　　　　　　　　　　　/ 253

引子

童年的梦想与三个习惯改变了我的一生

　　回顾半个多世纪的成长经历，我内心充满感恩之情，一是感恩父母的养育和亲友的支持，二是感恩生活在和平年代，三是感恩欣逢改革开放的珍贵机遇。特别是1978年，我被家乡青岛推荐到中央团校学习，并获得在中国少年报社和中国青少年研究中心等机构工作的机会，当然，历史的机遇和个人的努力是交织在一起的，其中童年的梦想与习惯是极为重要的因素。

　　谁都忘不了自己的童年，因为童年的经历往往会影响甚至决定人一生的发展。当年纪大一些的时候，回望童年，犹如水落石出一样，才能发现究竟是哪些品质和习惯成就了你，或者反思童年到底给你带来了什么。2024年，我已经69周岁，可以评说一下自己的童年了。感谢读者朋友阅读《梦想是成长的发动机》，这是我15岁至69岁日记的缩略版，50多年的日记浓缩为250余篇。为了读者朋友阅读方便，将内容归结为22个专题。50多年的经历，可以从时代变迁、社会发展、经济变化、文化进步、个人成长等多方面做出总结，本书侧重于对个人成长的反思，并概括为一句话："梦想是成长的发动机"。为什么是这句话？这正是本文需要交代的事情。

　　康有为用8个字概括青岛的特点："红瓦绿树，碧海蓝天"。我是成年之后才逐步感受到这8个字的精妙与经典的。1955年2月8日，我出生于青岛一个城乡接合部的工人家庭，哥哥比我大4岁，妹妹比我小4岁。20世纪60年代，家里生活困难，童年给我留下的最深的印象就是要为生存而劳动。记得很小的时候，全家人在深夜忙着给工厂糊纸盒，还养长毛兔，都是为了多挣一点钱过日子。为了喂养长毛兔，也为了准备做饭用的引火草，我需要经常上山割草。冬天没有草割的时候，我只好去多处垃圾场，捡人家丢弃的菜叶和白菜疙瘩（即白菜根部），回来喂兔子，遇到同学总感到不好意思，那可能是我最早感受到的自卑。

稍大一些，我开始跟着大人去赶海。除了挖蛤蜊，我有时候还左手提着咻咻喷火的嘎斯灯，右手握着钢叉，蹚着没过膝盖的海水，在月光下叉鱼或摸螃蟹。每次深夜归来，把蛤蜊等海货交给父母，从父母欣慰的目光里，我能够感受到一种小小的骄傲。与此相反，我在学校里表现欠佳，属于很不起眼的灰色儿童。多少年后，小学同学在朋友圈里发当年全校优秀少先队员的合影，以及合唱团等课外团体的合影，照片中均没有我的身影。三年级时，我好不容易加入了少先队，又因为吓唬告状的女生，被老师当众摘掉红领巾。半个世纪过去，我都忘不了当时老师那个蛮横的动作，这在我当时幼小的心灵里投下了阴影。渐渐地，我迷上了赶海，也喜欢上山，在大自然的怀抱里，我无拘无束，自由自在，不愿离开。

多少年后，当我作为中国青少年研究中心的研究员，在央视做教育讲演，又经常出版新书，80多岁的老父亲感慨道："我原来以为咱家的坟头上不长文化的苗。"我忽然明白了，为什么童年时代家里没有一本课外书。因为在做工人又没有多少文化的父母看来，他们的孩子长大了只能当工人挣饭吃，不可能做什么文化和教育方面的工作。我后来成为一个教育工作者和儿童文学作家，绝对是一个意外！

这个绝对的意外是怎么发生的呢？

我11岁那年（1966年）的冬天，国家正处于非常特殊的动乱时期。我还记得15岁的哥哥因为当红卫兵的事情总是与父亲争吵。当时，哥哥在父亲工作的那家工厂的技校读书,而工厂图书馆将许多文学名著扔了一地,要当作"黑书""坏书"处理。我哥哥恰好路过那里,顿时被吸引住了,见没有人看管,就迅速挑了几本装入书包,匆忙地背回家了。谁也没想到,这几本文学名著改变了我的命运。

当时,我与哥哥合住一个极小的房间,他夜以继日地读那些文学名著,年幼的我对此十分眼馋。少年儿童时代是好奇的时代,自然也是观察和模仿的时代。于是,四年级小学生的我开始像哥哥一样,捧起厚厚的文学名著阅读起来,并且迅速进入痴迷状态,因为一个波澜壮阔的全新世界第一次展现在我的眼前。父母支持我们看书,却担心我们会把眼睛看坏,晚上10点就要求全家熄灯睡觉。我们哥俩正在兴头上,怎么睡得着呢?哥哥懂一点技术,就找来电池、电线和小灯泡,连接成一个简易手电,我们蒙起被子,在被窝里继续疯狂阅读。当时我读过的名著有《三国演义》《水浒传》《红岩》《林海雪原》《苦菜花》《烈火金刚》等。

半个多世纪过去,我依然记得11岁那年的神奇体验。当时我的心中涌动着极其强烈的感受:文学太迷人了,作家太伟大了,我要读更多的书,我也要成为一个作家!回顾我的一生,可以清晰地看到,11岁是真正的转折点,它是我一生文学梦的开端,也是我良好阅读习惯的养成之年。那时候批判女作家丁玲的"一本书主义",而我却信奉了"一本书主义",认为能够写一本书给天下人阅读是最大的人生成就。

其实,对那时的我来说,当作家离我十万八千里,简直就是痴心妄想。童年的我除了家境困难,还有严重的口吃,这也是我在学校里边缘化的原因之一。那个时候经常不上课,我就与邻居小伙伴天天待在一起,一起上山、一起赶海、一起做游戏。因为闲暇太多,有伙伴提出轮流讲故事,并说谁不讲故事就不和谁玩。我为难极了,因为我最害怕讲话,人越多越紧张,事情越重要、越紧急,我越说不出来,怎么能讲故事呢?但我舍不得离开伙伴们,就试着讲《三国演义》里的故事。没想到,结结巴巴讲故事也很受欢迎,再说那个年代,去哪里听《三国演义》的故事呢?伙伴们鼓励我讲下去，讲完《三国演义》，我又讲《水浒传》和《烈火金刚》。来北京工作40多年，我做过几千场讲演，包括5次在中央电视台的教育讲演。应该感谢童年的伙伴，是他们的鼓励与支持，让我获得刻骨铭心的成功体验，让我战胜了口吃的困扰，让我拥有了终身受益的自信心。

2019年，小学毕业50年时，我们几十个同学聚会。有一个同学回忆，我曾与几个同学对诗多首，那可能就是我喜欢写作的开始。15岁我读初中二年级时，写作的愿望更加强烈，除了写诗歌、评论之外，我开始写日记，不知不觉坚持了50多年。做文学梦20多年后，我终于成为了一个作家，出版了5部报告文学集、5部长篇小说及40多部教育专著。其中长篇儿童小说《金猴小队》还被央视拍摄成8集同名电视剧，荣获中国电视剧飞天奖。

人生需要奋斗，但机遇的作用也不可忽视。我的小学和中学生活迥然不同：在小学，我是一个边缘化的灰色儿童，而升入初中后，我成为班长，继而担任年级的团支部书记，并在毕业后被推荐去青岛师范学校学习。多年之后，青岛第十六中学邀请我回母校座谈，知道我希望见到原班主任梁吉寨老师，便将已经八旬的梁老师也请到学校。我们师生重逢，紧紧拥抱在一起。我问老师："当初为什么推荐我当班长？"梁老师透露了一个秘密——开学初，他请每个同学轮流在晨读时发言，发现我发言时内容与表达水平较高，所以选中了我。我恍然大悟。自11岁拥有了强烈执着的梦想，进而逐渐养成阅读、写作和讲演三个习惯，为我的发展不断开辟道路。

翻阅《梦想是成长的发动机》，读者朋友们会发现，50多年来，我做过教师、公务员、记者、编辑、科研人员等多项工作，但最让我受益的还是童年的梦想及阅读、写作和讲演三个习惯。仔细思考一下，可以进一步发现，这三个习惯具有相辅相成的逻辑性关系：阅读多了才会写作，而阅读和写作为讲演做了最好的准备，反过来，讲演又促进了阅读和写作的深化。为此，我感恩童年与文学相遇，感恩在文化沙漠里发现了绿洲。

实际上，我之所以重视童年梦想与三个习惯的巨大作用，并非仅仅因为它们改变了我个人的命运，更是因为它们可以改变无数孩子的命运，在今天这个信息化的时代尤其如此。有人问及我哥哥的发展，问他为什么没有成为作家，这启发我思考一个有趣的问题，即梦想与志向更能决定一个人会走上什么样的人生道路。我哥哥文采不比我差，但他数学更棒，志向是做技术工作。1969年，哥哥当兵去了，成为海军东海舰队勘察设计队的一名技术骨干。他1974年退役回到青岛，依然是做技术工作，后来做了公务员。我却是文学梦一梦五十多年，可谓矢志不渝，梦想成真。

当回首往事，编写本书的时候，我特别感慨的是，有太多著名的作家和学者影响了我，改变了我，令我终生难忘。例如采访冰心、费孝通，例如接待任溶溶，例如与27岁的贾平凹面对面交流，例如对多元智能理论创始人霍华德·加德纳进行的访谈，等等。还有许多奇思妙想变为现实的经历，例如在北京组织56个民族儿童夏令营，放飞3000只鸽子，等等。我深感自己有责任记录下这些珍贵的经历，并与大家分享。

当然，由于文学梦与教育梦的追求，我总是更为关注成长。简而言之，最好的教育绝对不是强迫孩子，而是以丰富多彩的体验激发孩子明确梦想与志向，依靠强大的内驱力养成良好的习惯。无论走什么样的路，从事何种工作，都需要养成阅读、写作和讲演三个习惯，越早养成，受益越多。

第一章
梦起少年时

我永远感激 11 岁那年（1966 年）的冬天，不是感激那个混乱的年代，而是在那一年，我极其意外地获得了一包文学名著，它使我第一次看到了一个波澜壮阔的世界，第一次被无数个性鲜明的人物所吸引。当我得知这一切都是因为作家那支神奇的笔，一个强烈的梦想油然而生：我要读更多的文学作品，我希望自己也能够成为一名作家！这个梦想犹如一颗种子，深深地埋进了我的心里，一天天地长大。梦想之所以无比珍贵，因为它是发自内心深处的，是不可遏制的力量，又是不断生长的力量。当半个多世纪过去，我惊讶地发现，这个梦想就像发动机一样，一直在推动我的追求，竟然改变了我的一生。

偏科与短板

日记 001：

极端化的时代导致青少年形成极端思维。1970年6月29日的日记记载了我的一件傻事：学校安排我去青岛新建礼堂听先进人物报告，说可以坐公交车去，留票根回来报销，而我却选择步行往返。青岛人都知道，从四方区（现已与市北区合并）到市南区的新建礼堂多么遥远，15岁的我往返走了四五个小时！虽然疲惫之极，可我当时就觉得应该这样做。用今天的眼光看，极端思维容易导致极端行动，既是愚蠢的，也是危险的。节省体力和时间，可以更好地学习与工作，况且未成年人也应有一些特殊待遇。

日记 002：

学生时代的学业兴趣与成绩对未来选择可能产生直接的影响。在1970年7月23至25日三天的日记中，我记录了自己初一期末考试的情况：我的语文为优，农业和政治次之，数学、化学较差，英语最糟糕，经常听不懂。没想到，初中学业偏科影响了我一生的发展。文学梦的强烈诱惑让我成为一名记者和作家，并由文学创作走向教育和研究，而数理化和外语则成为短板。实际上，如果再努力一些，短板是可以减少的，发展的路会更宽广。

梦想是成长的发动机

15 岁，第一次登台讲课

日记 003：

不论什么时代，对少年人来说，都是梦想的时代。1970 年 11 月 3 日的日记记录了老师鼓励我们几个同学报考京剧团的事。当时，京剧《智取威虎山》很流行，我也喜欢跟着电台学唱，并在 10 月去青岛城阳小北曲村秋收劳动的联欢会上，唱了《管叫山河换新装》和《誓把反动派一扫光》等片段。至今回忆起来，都佩服自己初生牛犊不怕虎的勇气。我确实喜欢唱歌，但也知道自己太缺乏专业基础了，所以没有跨进考场那道门。但我至今也不后悔那一次退却，因为漫长的人生告诉我，文学与教育更适合我。

日记 004：

初中三年里我印象最深的课，竟然是农业课，因为在课上，我首次尝到了登台讲课的滋味。1970 年 11 月 15 日的日记记录，教农业课的何英老师找到我们几个学生干部，拟请我们试讲农业课，说是教育革命的需要。于是，我连续 4 个晚上备课，光讲稿就修改了 3 次。11 月 19 日，我登上初二七班（我是初二六班学生）的

1970 年开始写日记

讲台，依据内因与外因关系的哲学思想，讲关于种花生的农业课。其实，这堂课还是纸上谈兵，只是师生们都感到新鲜，我则一生难忘。

在栖霞英灵山

日记005：

1969年，我升入青岛第十六中学时，学生组织名为红卫兵，1970年开始恢复共青团组织。1971年1月24日，学校团支部通过了我们19名同学的入团申请，并经过市教育局团委批准。5月2日，学校组织我们新团员去栖霞英灵山烈士陵园，在抗日英雄任常伦的铜像下宣誓。直到今天，这次活动的图片还保存在青岛市档案馆。2020年秋，我应邀回母校讲课，在校史馆里也见过这些难忘的图片。所有这些经历都给予了我很深的启示，那就是信仰与责任，这给当时青春年少的我带来了极大的心灵震撼。

日记006：

初中三年，学工学农学军活动甚多，还有行程遥远的拉练。1971年2月7日，我打起背包出发，2月28日才返回，途经莱西、平度、胶县、即墨、沧口等地。1971年6月13日，我来到北海舰队9410部队农场，学军学农活动近一个月。1971年9月5日，我去国棉二厂学工，也是20多天。走向社会开阔了视野，艰苦劳动磨炼了意志，只是失去了太多学习知识的时间。后来，当工人的老父亲坚决不让我读高中，可能就是这个原因。

每个孩子都需要舞蹈

日记 007：

我特别喜欢观赏舞蹈，虽然自己并不擅长，但一看舞蹈就欣喜不已。1971 年 5 月 21 日的晚上，我观看了青岛九中同学演出的芭蕾舞剧《红色娘子军》。这是我第一次观赏芭蕾舞，异样的美震撼了我的心灵。其中一个舞者邓锦苓后来成为我的师范同学。我在中国青少年研究中心主编《少年儿童研究》杂志时，曾约她写文章，并建议将题目定为《每个孩子都需要舞蹈》。

日记 008：

我在少年时代有过不少冒险的经历。据日记记载，我常去海水浴场游泳，虽水性一般，却逞强好胜，多次游到防鲨网。最危险的一次，当属盛夏夜晚在学校值班时，在防空洞积的雨水中游泳，因为洞深且无灯光照明，我游到里面迷失了方向，漆黑一片，找不到出口，真可谓午夜惊魂的盲泳。还有一次，我去工厂劳动时，恍惚间从二楼掉下来，竟然没有受伤。如今想来，一个人能平安长大，是多么地幸运。少年虽可狂，为人当谨慎。

与教师职业结缘

日记009：

初中三年很短，同学间的友谊却很长，长过半个世纪。班内，同学王义秋生病住院，我和张良陪伴照料他一夜。后来，王义秋成为上过老山前线的军人和干部，张良则成为外科教授。班外，我与一些学生干部成为好友，50多年来保持密切交流。他们是高中的姜岩和单黎敏（他俩先后担任学校红委会主任），初中同年级的委员刘德柱、张学军、周桂香、王清源，还有低一届的鹿玉安等。我们之所以一直有共同语言，是因为大家有共同的经历并且三观较近。如今我们早已退休，除了聚会，还建群交流，我为该群起名：老夫聊发少年狂。

日记010：

我的中小学经历有些特殊，小学上到七年级，71届初中毕业又耽误1年。这一年，我在青岛衡器厂和纸箱厂劳动，还被安排去公安局集训大队协助看管犯人，等等。据日记记载，1972年11月23日，十六中校领导通知我们5名同学，推荐我们去青岛师范学校学习，回来当教师。那时许多人觉得当教师不如当工人，但基于共青团员要以祖国需要为先的理念，我们就接受了学校的安排。当时的我完全没有想到，多么美好的事业向我走来！

● 人生回眸之一

狂野的童年

进入人工智能时代，许多工作可以由机器人承担，这并非意味着机器比人强大，而是有可能让人获得解放，成为真正的人。问题在于，人的解放须从童年做起，如蒙台梭利所说"儿童乃成人之父"，童年是心灵的故乡，童年的经验将影响人的一生。

然而，许多父母朋友向我反映，当他们带孩子去野外踏青，或者去山里玩的时候，面对大自然的青山绿水，大人们欢呼雀跃，孩子们却不感兴趣，他们最惦记的是上网玩游戏，最想看动画片或电视剧。这让父母们愕然，两代人怎么会反差如此巨大？作为一个儿童问题的研究者，我深知这并非个别现象。孩子们疏远大自然有着深刻复杂的原因——升学竞争激烈，课业负担沉重，使孩子们的课外生活很贫乏；体育活动严重不足，加上担心发生意外伤害，小小少年失去了亲近自然的机会，没有在童年期建立起与大自然亲密的联结；等等。可是，亲近大自然，热爱运动，是童年可以忽略的事情吗？

我不由地回想起自己的成长经历。我的青少年时代是在青岛的城乡接合部度过的，上山采蘑菇，下海挖蛤蜊，是我童年时代常做的事。每当读到苏东坡的词"老夫聊发少年狂，左牵黄，右擎苍"（《江城子·密州出猎》）时，我就心潮澎湃，有驰骋万里之豪气。为什么呢？因为我童年时代体验过激烈的狩猎生活。我们一群孩子跟着大哥哥们，左手牵着狗，右手架着鹰，在崂山余脉浮山脚下，吆吆喝喝，在高高的草丛中驱赶野兔或野獾。一旦发现目标，我们就"哈"的一声把鹰撒出去。鹰在空中盘旋，发现目标就俯冲下来，与猎物搏斗一番，我们则紧追其后。那时，我们热血沸腾，风在耳边吹，身子往前冲，那感觉就像英雄上了战场一样！

类似的体验还有很多，我在《孩子，你有无限可能》一书里写道：

> 我无法忘记，我钻进茂密的树林，在一片硕大的梧桐叶子下屏住呼吸，因为一只金色的小鸟正在叶子上歌唱，我们相距不足一尺。我紧紧捂着自己的胸口，怕怦怦心跳的声音把它惊飞。
>
> 我无法忘记，在皎洁的月光下，我一手提着嘎斯灯，一手握着钢叉，走进冰冷的大海。在波光粼粼中，追踪着闪电般游动的鱼儿和急速横行的螃蟹，而我需要以更快的速度和精确的计算来击中目标。
>
> 我无法忘记，炎热的夏天来临的时候，我们是多么急切地奔向大海。当我们趁着退潮走进大海深处，归来时却赶上涨潮。当发现一个伙伴不慎走进海沟，将要被海水淹没时，我们虽然吓得魂飞魄散，却紧紧拉住他的手，直到他脱离危险。那是我第一次体验到生命与责任，我为此骄傲至今。
>
> 当然，我无法忘记的童年故事包括多得说不清的傻事和丑事，因为人就是这样长大的。让我惊叹不已的是，我的童年虽然是巨石板下的一株嫩芽，是野火烧不尽的一棵小草，却依然生机勃勃。

亲近大自然，让我发自心底地热爱生活，狂野的童年让我一生充满激情。2017年9月至10月，我在国内外旅行一个多月。在返回北京的高铁上，我写下一首小诗：

梦想是成长的发动机

> 我
> 行者
> 观天下
> 以稚子心
> 与鸟儿同飞
> 云霞起花万朵

我相信，有类似经历的人，大都有这样的感受。

说到狂野童年，其实，狂野童年之说就是运用自然之灵气激活童年，让孩子亲近自然，热爱运动，从小体验天人合一的和谐之美，自由自在，习得本领，放飞梦想。狂就是张扬个性，野就是充满野趣。岂止是孩子需要，任何人的一生都需要适度狂野，这是幸福之源。由此想到，卢梭为什么主张回归自然，甚至说孩子十几岁之前最好在农村生活，陶行知为什么说春天不是读书天，他们都是在强调大自然是孩子的良师益友，值得终身亲近，而绝非远离。当然，许多成人会提到"安全"，这自然是不可忽视的问题，但也不能因噎废食。全世界最好的经验就是在高度重视安全的前提下，积极开展亲近自然的活动。

值得欣慰的是，教育部等部委已经发布了关于开展研学旅行活动的文件。教育部在2015年还专门发布加强家庭教育指导的文件，要求"始终坚持儿童为本，尊重孩子的合理需要和个性，创设适合孩子成长的必要条件和生活环境"。更为重要的是，广大父母已经觉醒了，他们积极带领孩子亲近大自然，并且在学校和社会组织的帮助下创造出许多教育模式，如探索森林的秘密、揭秘昆虫世界、海岛考察、重走玄奘之路、重走丝绸之路等。毫无疑问，孩子年龄越小，越需要直接经验，孩子是在体验中长大的，我们不能代替孩子体验。当越来越多的孩子拥有狂野的童年，他们的人生，他们的未来必将更加丰富多彩！

第二章
难忘少年宫

好的梦想不是虚无缥缈的,而是扎根于生活的,甚至能够不断拓展。自从11岁有了文学梦,我一刻都不会忘记自己的梦想。当我成为少年宫的一名老师,与那些可爱的孩子们朝夕相处,我的文学梦与教育梦开始水乳交融。在那些忙碌的时光中,梦想开始飞翔起来。那种美妙的感觉,就像小苗儿钻出泥土,那生机勃勃的一枝一叶,令我心动。

迷上了诗歌创作

日记 011：

  青岛师范学校创办于 1930 年。1972 年，我求学于此，时间虽然短暂，我却完成了由学生到教师的转变。也许是因为我曾在青岛第十六中学担任年级团支部书记，在师范学校，我也担任班级的团支书。完全没想到，在师范学校学习期间，我忽然迷上了诗歌创作。也许是新的环境与任务刺激了我，也许是 206 名年轻人在一起相互影响。我与于兴国同学和诗的经历，使我们成为多年的诗友，有时通信都采用诗体。我写道："友信偕春风，字字寄热情。纸如舟上帆，在我心海行。遥忆霜雪日，同窗咏青松。"后来，我们这批学员中的许多人成为教育教学的骨干，有些还担任教育局等部门的领导。2017 年 12 期《青岛文学》发表了我的长篇回忆文章——《改变一生的文学梦》。

17 岁的老师

日记 012：

如果问我为什么能够终身从事儿童教育？我的回答是：在青岛市四方区（现并入市北区）少年宫当教师的经历对我影响颇深，那里也是我教育梦开始的地方。据日记记载，1973年1月18日，17岁的我被分配到四方区少年宫当教师，协助领导做区少先队（时为红小兵）总辅导员工作。当时的少年宫像艺术学校，学生上午上课，下午排练，晚上常有演出。我一边做少先队工作兼语文老师，一边为演出服务，经常在夜里骑自行车送学生回家。整天与这些活泼可爱的孩子待在一起，与欢乐的童心拥抱着，如梦如幻，我简直是陶醉了。直到半个世纪之后，我们依然是亲密的朋友。

1973年开始担任青岛市四方区少年宫教师，与师生们合影

发表处女作

日记013：

1973年初，我到少年宫不久，发现图书馆封闭多年，便自告奋勇去整理。我从落满尘土的旧书刊里，整理出一本本《儿童文学》杂志。其中，胡景芳写的小说《苦牛》吸引了我。后来去沈阳出差，我专门去拜访了病中的胡景芳先生。在青岛，我拜儿歌名家朱晋杰为师，学习诗歌创作。当时，青岛市几个区陆续举办街头诗画活动，我都积极投稿，甚至在夜晚打着手电去看，偶然有作品刊出，则欣喜若狂。

日记014：

对任何作家来说，处女作的发表都是难忘的。1973年10月30日，我随四方少年宫文艺队去栖霞桃村接官亭大队劳动和演出。秋收时节的山村美景感染了我，我很快写出了儿歌《画出公社丰收年》：

小镢头，把儿弯，我跟社员学种田。修得梯田层层高，麦苗青青长得欢；开出渠道长又长，渠水哗哗流不完；栽上桃梨大苹果，花果累累布满山——站在田边放眼望，一张画儿铺眼前。镢头好像大画笔，画出公社丰收年。

经过朱晋杰老师的指点和修改，这首儿歌在1974年11月1日的《青岛日报》上发表。1975年元旦，青岛人民广播电台还配乐朗诵了这首儿歌，朗诵者是少年宫文艺队的陈少伦同学，他后来成为打击乐名家。那些日子，19岁的我感觉自己成了最幸福的人。

19 岁的总辅导员

日记 015：

作为儿童教育工作者，最幸运的是能够见证儿童发展的奇迹。1975年，我在少年宫舞蹈教室见到 9 岁的女孩高娟敏，她不怕吃苦，痴迷舞蹈，黑亮的眼睛令人难忘。从北京舞蹈学院毕业后，她在上海芭蕾舞团主演《天鹅湖》等剧，逐步成为芭蕾舞名家。如今，高娟敏已是上海师范大学教授和舞蹈教研室主任。她说，自己这一生最幸福的事情，就是跳了一辈子舞蹈！我去上海出差时，她经常来看我。我惊讶地发现，透过她的眸子，可以看见她童年时的模样！从许多成功发展的孩子身上，可以得出一个结论：童年的梦想是飞翔的翅膀，但只有将真心热爱与科学训练相结合，才能飞得更高更远。

日记 016：

我曾担任全国少工委委员，并当选中国少先队工作学会副会长，而我从事少先队工作始于 1973 年。19 岁的我担任青岛市四方区少先队（时为红小兵）总辅导员，隆重的聘任大会于 1974 年 10 月 24 日在汽车制配厂礼堂举行。当时，我参照少先队的优良传统经验，编写工作条例，举行不同类型的辅导员现场会，组织小学生故事团巡回讲演，儿童游园大会，等等。1975 年 12 月 12 日，在共青团青岛市四方区代表大会上，我当选为团区委副书记。更具挑战性的任务在等待着我。

第二章　难忘少年宫

● 人生回眸之二

童心一醉五十年

　　2001年教师节前夕，我应邀来北京电视台做《谁在说》节目的访谈，谈自己当老师的经历与感悟。那一天，我谈起了自己十七八岁时在青岛市四方区少年宫做教师的一段经历。

　　可能是男生打架等原因，当时我严厉批评了管乐队的一个男生，也就是后来成为著名歌唱家的江涛。江涛当时很不服气，就像小公鸡一样，与我鼻子对鼻子顶了起来。在那一瞬间，我惭愧又落寞地发现，自己还不懂儿童和教育。

　　听我讲到这里，主持人骆新笑着说："孙老师，您看谁来了？"我一愣，发现身穿武警戎装的江涛捧着一大束鲜花跑了进来。真是意外的惊喜啊！多年未见的我们拥抱在一起，台下响起一片掌声。显然是编导在准备我的访谈时，留心记住了我与江涛的故事，悄悄做了联络和安排。我问江涛当时为什么训他，江涛笑着说："还不是调皮捣蛋嘛！"那一天，江涛激情饱满地演唱了他的代表作《愚公移山》。

　　我是1978年来北京学习和工作的，至今已40多年了。因为一直做儿童教育研究和儿童文学创作，我时常怀念在青岛四方区少年宫的生活，虽然在那里只有2年左右的短暂时光，却是我教育梦和文学梦的双起点，我对那儿总是怀着感恩的心情。

　　1973年1月13日，我结束了在青岛师范学校的学习。1月15日，我与于冲、王春华、阮克玲一起，去四方区革委会文教组报到，被陈维殿科长留下，协助毕业分配工作。1月18日，我与于冲、阮克玲去四方区少年宫报到，走进那座米黄色的二层小楼，我被分配协助刘常涌主任做全区的少先队（时为红小兵）工作。

当时的四方区少年宫虽然有指导全区校外教育的责任，却主要承担了管理文艺宣传队的任务，其性质更接近儿童艺术学校，既要完成义务教育的教育教学任务，又要组织排练和演出。每天的安排已经形成规律，基本上是上午上课，下午排练，晚上演出。所以，少年宫里总是热热闹闹的吹拉弹唱之声不断，欢天喜地的孩子们深深地感染了我。

我的主要职责是做全区的少先队工作，又因为我喜欢文学，也兼任过六年级的语文老师。其实，我们几个新老师只有初中学历，师范培训时间也很短暂，比学生又大不了几岁，当老师真不够格，实际上是与学生一起成长。所以，我经常向语文专家詹进玲老师学习，她是少年宫的教学权威。真感谢学生们的包容，他们对老师很尊重，也很友善。印象颇深的是刘萍、刘琳两个女生，因为她俩个子高，主意也多，在她俩的积极协助下，不仅课堂秩序好，我还感觉教学生活越来越有趣味。

印象最深的是，几乎每个晚上都要带学生去慰问演出，去部队、学校、工厂、疗养院等许多地方，每一场都受到热烈欢迎。半个世纪过去了，我依然记得很多精彩的节目：葛军、李先、李红薇、周锦和华海丽五个女孩跳的《弓舞》，她们的舞姿令人惊叹；张静同学担任报幕员，她说的"打竹板，点对点，今天我来说一点"屡爆笑点；葛军、李先、王玉均、徐春凤等同学的舞蹈《茁壮成长》，特别是葛军，她后空翻后用双腿夹住脸庞的动作，每每惊艳全场；赵小萍有一次与人发生矛盾，在后台抹泪，我们都担心会影响演出，谁知到了她的节目，她一抹眼泪，照样登台，快活地表演手风琴拉唱……

每次演出归来，大都是深夜时分了，老师们分工将每一个孩子送回家。我骑着自行车，负责送低年级的李红薇和周锦两个小女生。久而久之，我与她们成了好朋友，而且缘分很深。1979年，我已经是《中国少年报》的记者了。一次去济南出差，在千佛山下，我居然与李红薇巧遇，这才知道她已经是山东艺术学院的学生了。1987年，她又成为北京舞蹈学院的学生，还请我给她推荐书目，来往密切。再后来，她成为青岛电视台的节目主持人，多次做我的节目，还合作了大型访谈节目《走近男孩女孩》等等。2018年11月，海峡两岸家庭教育学术交流会在青岛举行，我特邀李红薇在会上讲述自己的成长经历。周锦后来担任青岛市政府机关幼儿园园长，还邀请我为幼儿教师讲课。

笑眼望向歌舞处
欢童拉我回少年

1974年1月18日写下的这两句诗，反映了我当时对少年宫的眷恋。

回忆这些真实的经历是想说明，作为一名年轻的老师，我与学生一起成长，而四方区少年宫既成就了学生，也成就了老师。

1975年3月，根据上级意见，做出对四方区少年宫转折性的安排：少年宫改由团区委领导；文艺队转入平安路第二小学。

做出这样的安排，或许是为了让少年宫回归主责主业，也是对文艺队孩子的全面发展负责。1975年六一儿童节，我在海泊河公园组织了四方区儿童游园活动。据我1975年8月12日的日记记载，下午我协助阮克玲组织文艺演出。那一年暑假活动较多，如举办舞蹈、歌唱、故事、乒乓球、美术等培训活动，组织了五场演出、四场故事会，还有游戏、气象、雷电科学、广播、朗诵等讲座。9月18日，我组织团区委工作人员和铁丝网厂的团员青年义务劳动，将少年宫粉刷一新。

梦想是成长的发动机

半个多世纪过去了,我们为什么对四方区少年宫的生活念念不忘?因为那段经历成就了许多人,为师生们的发展奠定了坚实的基础。每一代人都有自己的童年与追求,生活在特殊的动荡年代,四方区少年宫为爱好艺术的孩子们施展才华创造了良好的环境。小学生文艺队,半天上文化课,半天艺术排练,晚上演出,这样重视实践的教育教学模式也是一个创造。真正检验教育教学的效果需要几十年的时间。五十多年过去,四方区少年宫的学生不仅没有一个人违法犯罪,还出现了人才井喷现象。歌唱家江涛、赵小萍,打击乐演奏家陈少伦,舞蹈家高娟敏,青岛歌舞团团长葛军,青岛小白帆艺术团团长李红薇,扬琴演奏家王文华,萨克斯演奏家王永青等,均成为文艺界的佼佼者。在少年宫学习生活的过程是一个不断发现和提升自己的过程。当然,文艺队里更多的孩子转向了其他领域,例如周锦成为青岛市政府机关幼儿园园长,马琳莉成为潜艇学院的教授,陈秋红成为青岛大学教授,葛继红成为区委企业工委书记,等等。

2019年春夏之交的一天,我正在颐和园与青岛的诗友李洁喝茶,忽然接到一个女生的电话,普通话极为标准,完全没有青岛口音:"孙老师,我是您在四方区少年宫的学生张静。"记忆的闸门突然打开,美丽的故事如潮水般涌来,当即有了一首小诗:

蓝天如海舞千帆
青春似潮梦万端
缪斯引我入仙境
童心一醉五十年

第三章
1978，在中央团校

梦想有些时候似乎在沉睡，其实是在积蓄力量，或者是在等待机遇。年轻时代是奋斗的时代，无论是在什么地方，做着什么事情，梦想总是与我相伴相随，并跳跃在当时那些真诚而幼稚的诗与文章里。梦想就像一道光，时时刻刻吸引着我。一旦有实现的机会，我会毫不犹豫地紧紧抓住它。

21 岁的知青总带队

日记 017：

我于 1976 年 5 月 14 日加入中国共产党，3 天后，即奉命去山东省招远县毕郭镇做知识青年总带队。21 岁的我带领 12 个年轻干部（最小的 18 岁），去负责一个乡镇几百名上山下乡知识青年的工作。1976 年 5 月 28 日抵达招远毕郭镇，我在那儿整整工作了一年。带队工作艰巨而复杂，既有知青与农民的矛盾，更多的是知青之间（包括新老知青）的纠纷，还要协调城乡关系，这时时处处考验我们的勇气与智慧。我们既要维护知青权益，又要做好协调引导工作。为了协调乡镇整体工作，我加入了毕郭镇党委常委班子，时常开会到半夜，切身体验了乡村干部的工作风格。

1976 年，与知识青年和带队干部及村民代表合影

疯狂之旅

日记018：

在农村带队一年，有许多难忘的经历，比如在荒野被狗追赶，骑车70里去县城开会等。1977年春节前夕，青岛四方区政府派来8辆大车，接毕郭镇知青回家过年，却发现坐不下。再从青岛调车来不及了，我决定和带队干部王美正、郑方礼带邵伟、刘青、淳于金章、李胜初、金红斌几名知青单独返回青岛。不料，此行近乎冒险。我们8人先坐拖拉机到毕郭车站，乘长途车到莱阳，靠路上截车到火车站，赶午夜1点27分的火车到蓝村，再换乘北京来的快车，抵达青岛已近早晨6点。怕知青的父母担心，我们又把知青分别送回家。从那之后，我再没有过如此疯狂的旅行，可当时大家都很开心，怀念美好的年轻时光！

1977年，招远毕郭镇领导欢送知识青年带队干部

22 岁的施工组组长

日记 019：

在招远毕郭镇带队期间，我食宿在镇政府机关。自 1977 年 3 月开始，一日三餐改为和镇政府所在地大曲庄的知青一起吃，感情也更为亲密。5 月 17 日，月夜举杯话别，我心潮澎湃，即席赋诗："忽见郊野复绿浪，因别不觉槐花香。春夜对酒吟新诗，明月洒辉诉衷肠。众友待我兄妹亲，已把沽河作故乡。今日分手不分心，友谊青苗年年长。"一年的坎坎坷坷，终于画上圆满的句号，我和 12 名带队干部顺利返回青岛。2018 年 9 月，阔别 40 余年之后，我与 9 名带队干部重访毕郭镇，怀念之情强烈，犹如回到故乡。

日记 020：

也许是去农村带队较为成功，我归来后经常被委派带突击队。1977 年 8 月 11 日，中共青岛市四方区委下达组织千人去大沽河清淤施工的任务，我参与指挥并任施工组组长。大沽河是中国东部黄海胶州湾入海河流，发源于招远阜山西麓，流经招远、栖霞、莱州、莱阳、莱西、即墨、平度、胶州、崂山九县（市、区），在胶州市码头村南注入胶州湾，是胶东半岛最大的河流。我带人察看现场，组织连夜抽水，下河挖泥，真是累坏了，还发烧至 39 度，倒在河堤上就睡着了。

工作队队长的喜讯

日记 021：

年轻时真是敢想敢干，有些做法至今想来都后怕。1978年的五四青年节，我是怎么过的呢？我在团区委书记张瑞臣的支持下，除了篝火晚会，还组织了各行业千名青年登浮山比赛。5月7日，千名青年分6个大队，38个登山队，步行90分钟抵达浮山，稍事休息，即开始比赛。浮山主峰海拔只有368米，却山势陡峭，山南是大海浮山湾。明代在青岛设立千户所，名为浮山所。第一次世界大战时，日军与德军在此有过激战。登山比赛气氛热烈，大家情绪高涨。玛钢厂一名宋姓青年登山时不慎摔倒，并撞破了头，送医院缝了两针，这件事让我几十年难以忘却。

日记 022：

有时候，天上真会掉馅饼。1978年5月19日，区委任命我为驻青岛模具厂工作队队长，王秀婷为副队长（她后来成为青岛市民政局副局长）。一般来说，我的生活就会这样忙碌下去，心中也时常感到困惑：我的文学梦和教育梦还能实现吗？万万没想到，一个千载难逢的机会向我走来。文革结束了，中央团校恢复了培训招生工作，全国每个地级市给一个学员名额。感谢刘福英书记领导的团市委最终将青岛唯一的名额给了我，说我既是团区委副书记，又做过少先队总辅导员，是最符合条件的人选。

第一次来到北京

日记023：

"千帆竞发,望不尽万里春色。意难平,团校花开,肺腑香彻。"1978年7月8日,我第一次来到北京,跨进中央团校的大门。《满江红·团校抒怀》开头这几句词,抒发了我当时的激情。

在中央团校的学习内容,马克思主义哲学是重中之重,尤其是关于"实践是检验真理的唯一标准"的讨论,令我眼界大开。1978年8月31日上午,听时任全国人大常委、北京市建委副主任李瑞环讲哲学,给我留下鲜活而深刻的印象。我在当天的日记中写道:"要不当糊涂人,就得学哲学。不学哲学,再聪明的人也是糊涂人。现实生活中时时处处有哲学,自觉地掌握它和运用它,就能少走弯路。"

日记024：

在中央团校学习期间的一个意外收获,是参加了共青团十大的筹备与服务工作。从272名学员中选84人,我荣幸入选,在李启民同志的领导下工作。1978年10月16日下午,团十大在人民大会堂开幕,华国锋、叶剑英、邓小平、李先念等党和国家领导人出席。25日听方毅副总理做科技报告,他前天刚从欧洲考察归来,谈了许多切身感受。团十大宣布了党中央关于我国少年儿童组织恢复中国少年先锋队名称的决定。在团十届一中全会通过了新修改的少先队章程。因为做过少先队辅导员工作,我为亲身经历拨乱反正的历史而自豪。

留京工作

日记025：

1978年11月，我们中央团校16期学员即将结业，同学们纷纷话别赠言。后来成为散文家的詹少娟（斯妤）赠我格言："鄙燕雀之俗，效鲲鹏展翅。"我尝试着写了一首联名长诗，希望把鲁、皖、苏、浙、闽、沪6省60名117班同学及家乡都记下来。我写道："泰山黄山紫金山，满怀深情直点头；浦江闽江钱塘江，依依不舍手拉手。""春天来了，她湿漉漉的脚步带着晨风，走过宁静的延水之滨，来到昆明湖畔的知春亭。林间红梅闪着欢喜的泪珠，景山翠林一片青青。"

一个意想不到的人生转折向我走来。1978年11月9日，团中央组织部的干部和中央团校领导找我谈话，说组织上准备留我在《中国少年报》工作。

1978年在中央团校

第四章
中国少年报：我的大学

实现梦想是需要一定条件的。对于一个渴望为儿童写作的人来说，9年在《中国少年报》当编辑和记者的经历，让我拥有了实现梦想的最佳机遇。这个机遇首先是得益于改革开放新时代的到来，而做少先队辅导员的经历和为儿童写作的爱好，可能是我进入《中国少年报》的直接原因。曾经有多位朋友劝我，既然进入团中央系统，到机关发展，前途更为远大，而我却如唐代诗人李贺在《致酒行》中所说"我有迷魂招不得"。

改名立志

日记026：

　　留京的同学有些去了团中央和中组部，多年后，多位同学成为了中央部委的领导。我却一直庆幸自己进入了《中国少年报》报社，为儿童写作是我的梦想。1978年11月24日，我来刚刚复刊的《中国少年报》报社报到，被安排在少先队组做编辑。12月回青岛告别和采访时，经青岛四方区委组织部同意和派出所帮助，我将"孙允孝"之名改为"孙云晓"。我在当天日记中写道："云者，世界之繁杂和奥妙也；晓者，识宇宙之真面目也。"我意识到，笔墨生涯需要一个全新的开始。

自1978年起担任《中国少年报》编辑。这是喜读新出版的报纸

三人行必有吾师

日记 027：

《中国少年报》对于我而言犹如一所大学，而第一代知心姐姐姜达雅就是我的导师之一。我经常向她请教，为此成为她家的常客。她对我提出了不少建议：为儿童写东西要写好画面，类似电影的画面，甚至一个动作都要写细致；要多用动词，少用形容词；采访要选好线索和角度，解开内因；等等。1979年春节，我回山东桓台县老家时，偶然间发现了邻家小女孩李香的苦恼，她虽然勤奋好学，却因家庭困难，面临失学。我写了《不让李香退学》一文，经姜老师修改，发表在《中国少年报》1089期第一版，引发强烈反响，全国许多小朋友都给李香寄去学习用品。姜老师退休后我才知道，她曾就读于金陵女子大学，其父曾担任孙中山的机要秘书，我为她写了《孙中山机要秘书之女的坎坷命运》一文。

日记 028：

三人行必有吾师，在《中国少年报》工作尤其如此。聪聪和金本都是童诗名家，聪聪多次与我谈创作：创作无捷径，谁下的功夫越笨，谁的进步就越大；写前冷静，写起来就热了；要像鲁迅所说，凝结于思，静观默察；要大量积累素材。金本则建议：边看边写才能进步快；要根据自己的创作目的，集中看作品，让自己的生活素材燃烧起来。画"小虎子"的沈培、吴文渊是儿童画名家，他们告诉我：办报要杂学，要掌握儿童的语言。沈培还建议我练习写作200字以下，甚至50字左右的文章。

第四章 中国少年报：我的大学

1979，访 27 岁的贾平凹

日记 029：

作为《中国少年报》记者，需要深入了解儿童生活。1979 年 3 月 26 日至 29 日，我在北京少年犯管教所住了 4 天，写出长篇报道《烟雾迷路》（刊于 1109 期），读者反应强烈。这是我第一次探究未成年人犯罪原因。6 月 18 日在沈阳的女英雄张志新家里，我采访了她的女儿林林。20 日，我乘 11 小时长途汽车，去凤城县暧阳乡（今爱阳镇）的獾子背小学，采写出《三年不缺一节课的三好生孟庆云》。那段日子，我几乎是在"满天飞"了。

日记 030：

做记者多年，深感访谈是最好的学习方式之一。1979 年 10 月 8 日在西安采访，好友朱树茂陪我去拜访作家贾平凹。那间仅 6 平方米的房子，贴着"聊斋志异""长风破浪会有时，直挂云帆济沧海"等条幅。贾平凹当时 27 岁，他 1973 年开始发表作品，我前去拜访时，他正忙于写中篇小说。我问他怎么做创作准备，他思索了一会儿说："多注意把感人的细节记下来，真事也可虚构，总之要不停地写。"我又问如何塑造人物，他答："从许多人身上各抓一点，加以典型化。"当晚，我们一起住在省团校，他写作至凌晨 3 点。次日，他陪我们去临潼参观秦陵和华清池。多年后再去西安，一位省委领导送我的礼物就是贾平凹签名的三部小说。

任溶溶教我如何进行创作

日记031：

1980年8月7日，我第一次见到著名作家和翻译家任溶溶，并受报社领导委派，接待他四天，即把宿舍让给他，我改睡办公室。

第二天晚上10点多，见任老师似乎闲坐，我便与他聊起学历低、创作难的烦恼。他专注地看着我问："你将来想成为个什么人？"我答："优秀的记者，并为孩子写文学作品。"他直爽地说："你想成为作家，就要以写作为中心，一方面深入观察生活，一方面大量阅读文艺作品，直接进入创作。大学是培养不出作家的，你没必要为文凭而系统地逐门课学习。创作中遇到什么问题就钻研什么问题嘛，高尔基等作家不就是这样吗？喜欢谁的作品就精读谁。作家对前辈一开始都是跟踪，跟到一定时候就止住，要有创造。在创作上，既要严肃，又不要太严肃，不要一本正经，越自然越好。有生活不等于有创造力，还是要多读多练，不写是说不清这个道理的。"那个夜晚，我们聊到午夜之后，我才起身致谢并告辞。可当我准备入睡时，发现他的灯依然亮着，静静的，没有一点儿声音。

四天后的告别之际，他再次叮嘱我说："一句话，要写起来！'动者恒动'颇有道理啊。希望不久后能见到你的作品！""动者恒动"据说出自牛顿第一定律，讲述惯性的原理。任溶溶老师以此语相赠，是要我坚持写作并养成习惯，这才是学习写作的最佳方法。2022年9月22日，百岁任老驾鹤西去，但他的殷切期待永远激励着我奋进！

教育家叶圣陶的忠告

日记032：

　　1981年11月5日是《中国少年报》30岁生日，在人民大会堂三楼大厅举行庆贺活动。宋任穷、习仲勋、康克清等领导出席。高士其、孙敬修和白须白眉的叶圣陶先生都来了，我迎上去向叶老问好，他慈祥地微笑点头。这位教育家在发言时讲道："为儿童写作很不容易啊，要把每个字放到秤上称一称，看看够不够分量，是不是合适。"叶老这几句话让我汗颜，因为我给孩子写了许多文章，却远未达到这一标准。显然，为儿童写作者当以此为座右铭。

日记033：

　　为梦想而奋斗的道路是坎坷的。1982年7月12日，新华社报道了1981年全国好新闻评选结果，我与赵曙光、邵焱合写的通讯《"雷锋"来我家18年了》获奖，这是《中国少年报》当年唯一的获奖作品。此外，我还有多篇报告文学发表，可内心压力有增无减。我参加过团中央办的业余大学，又进日语学校，这些都没有文凭。其实，我想要的不仅仅是一张文凭，更渴望提高文化水平。

决不放弃

日记 034：

矛盾发展到一定时候必然爆发。1982年10月，因为把采访的某些素材给其他报刊写了文章，我在《中国少年报》报社受到了严厉批评。我当时有些想不通，如果我下班总是打牌，还会被批评吗？我之所以坚持业余创作，一是酷爱创作，二是渴望摆脱学历低的困扰，希望以作品证明个人的能力与价值。我仔细听完每个人的发言，承认自己有成名成家的思想，并且有成为有影响力的记者和作家的奋斗目标。我感谢许多同事的真诚帮助，表示既要吸取教训，努力工作，又要坚持创作。文学之路走定了，决不轻言放弃！在那不久后，女儿出生了，我抱着柔弱的宝贝，感到了更大的责任。

第四章 中国少年报：我的大学

● 人生回眸之三

山东汉子当了知心姐姐

知心姐姐是深受少年儿童欢迎的贴心人。完全没有想到，我这个山东汉子也有机会成为知心姐姐团队的一员，那些美好而难忘的经历，让我记忆犹新，并且终身受益。

1978年11月24日，23岁的我结束了在中央团校的学习，被团中央分配至《中国少年报》报社，担任学校少先队组的编辑工作，具体负责思想品德方面的报道，其中一个重要的工作就是以知心姐姐的名义发表言论。在此之前，我曾担任共青团青岛市四方区（后与市北区合并）委副书记兼少先队总辅导员，较为熟悉孩子们的生活，来到报社，我感到特别亲切。但是，我很快就发现，面对少年儿童，要将道理娓娓道来不是件容易的事情。既要问题抓得准，分析有逻辑性，还要自然活泼、通俗易懂，最难的是真正了解孩子，这对于我来说是一个很大的挑战。

幸运的是，《中国少年报》社的许多老领导和老编辑都是专家。我们编辑组副组长姜达雅老师就是第一代知心姐姐，拥有丰富的经验。比如，我们编辑组经常讨论一篇言论或报道该怎么写，甚至为一篇短文设计出十几个标题，都写在小黑板上，逐一比较优劣。《中国少年报》之所以能够影响几代人，与精益求精的追求密切相关。

回忆做知心姐姐的经历，有两件事难以忘怀。

第一件事就是关于全童入队的大讨论。《中国少年报》是中国少先队队报，自然以配合全国少先队工作为己任。1978年，第六次全国少先队工作会议提出把全体少年儿童组织起来，简称"全童入队"。这就是当时党对少先队工作的方针，它的精神实质是"组织起来再教育，而不是教育好了再组织"。可是，由于陈旧观念的影响，许多有某些缺点或不足的少年儿童难以加入少先队，有作家将他们形容为"白脖"，意思是戴不上红领巾。面对太多孩子入队难的痛苦，作为知心姐姐，我们不能无动于衷。经过到学校听取师生们的意见，学习党关于少先队工作的方针，1979年11月，我们以知心姐姐的身份举办了一个"小小讨论台"，题目就叫"张勇、王红能入队吗？"。

张勇是一个经常不守纪律的男生，王红是一个学习成绩较差的女生，他们能够加入少先队吗？这俩儿童的夸张形象，刊登在《中国少年报》头版头条。真是一石激起千层浪，在全国各地的孩子们中间引发了热烈的讨论，报社收到近6000封读者来信，支持与反对的意见都很鲜明。我们将有代表性的不同意见选登在报纸上，就连老社长江敬文看了都有些担心，他把我叫到他的办公室里，说反对意见这么尖锐，是否好收场。我说正面意见更多，还有知心姐姐和领导的言论引导，老社长这才放下心来。讨论将要结束时，我们去团中央，向分管少先队工作的书记处书记胡德华汇报讨论情况，请这位资深的少先队工作专家撰写了讨论的总结文章。她阐明了一个很关键的道理：党中央用"先锋"命名少先队，这"先锋"的含义是"学习先锋"，而不是"已成先锋"，所以要让愿意加入少先队的少年儿童都戴上红领巾，在少先队组织里健康成长。据报社领导总结，这一次大讨论是《中国少年报》1978年复刊以来影响力最大的一次系列报道，有力促进了"全童入队"目标的实现。

第二件事情是关于儿童下水救人问题的引导。1982年暑假，近一个月的时间，我们编辑组就收到了来自14个省的43篇稿件，都是报道少年儿童下水救人的事迹，其中死亡 17 人，年龄最大的 14 岁，最小的 9 岁，有的已经被当地表彰为"优秀少先队员"或"少年英雄"。作为知心姐姐团队的一员，我意识到了自己的责任，那就是不能让更多的孩子没有意义地失去生命。于是，我于 1982 年 8 月 11 日写出了报社内部的《情况简报》，题为《17 个孩子救人致死》，8 月 12 日报社即印发。与此同时，我以知心姐姐的名义写了一篇言论，题为《遇见有人落水怎么办？》，既肯定了少年儿童乐于助人的高尚品质，又建议他们学会保护自己，要见义智为。简报和知心姐姐的言论引起了报社领导的高度重视，将这篇言论发表在《中国少年报》头版头条，引起了读者与许多方面的关注。中央人民广播电台的新闻联播还播出了这篇知心姐姐的言论。因为当时是 1982 年，关于如何看待儿童舍己救人的认识较为模糊，10 年后国家才颁布《未成年人保护法》。有好友为我们担心，我却内心坦然：不关心少年儿童的安危，还能算知心姐姐吗？知心姐姐就应该敢于为孩子说话！

1983 年，我有幸进入中央团校首届大专班学习。1985 年 8 月，我的毕业论文《论少年儿童榜样教育的科学性》在中国社科院的《青年研究》杂志发表，并荣获中国少先队工作学会优秀论文奖。显然，经过两年的专业性学习，我对儿童下水救人等问题有了更具理论性的思考。

后来，为了深入研究儿童问题，我调入中国青年政治学院青少年研究所，后转入中国青少年研究中心工作近 30 年，成为一名儿童教育研究者和儿童文学作家，出版了许多著作。我发自肺腑地感恩在《中国少年报》9 年的锻炼，尤其是做知心姐姐的 4 年，为我探究神秘的儿童世界奠定了坚实的基础。写到这里，一首小诗涌上心头：

童心在左

爱心在右

梦想是成长的发动机

每一个弟弟妹妹的烦恼
都会牢记在她的心头
春风化雨排难解忧
知心姐姐为你真情守候

与孩子们在一起

第五章
多高的墙，多深的基

随着年龄与社会经验的增长，梦想会逐渐走向成熟，就像跨越江河湖海需要桥或船一样，实现梦想也需要更为坚实的基础。追求梦想需要浪漫与执着，实现梦想则需要现实和智慧。

第五章　多高的墙，多深的基

二进中央团校

日记 035：

　　人经受住挫折，步子可能走得更稳健。1983 年 5 月 4 日，我采写的报告文学《张海迪和她的妹妹》在《中国少年报》文艺版整版刊出。那期间，我一个初中毕业生正忙于考大专，考试成绩过关了：政治 86.1 分、历史 82 分、语文 77.5 分、地理 72.6 分、青年工作理论 72 分。8 月 12 日，正在全国快乐小队夏令营忙碌的我，接到了中央团校首届大专班的录取通知。1978 年初进中央团校是短期培训，而这一次是共青团最高学府涉足高等教育的开端。1985 年毕业时，中央团校有了一个新名字：中国青年政治学院。

日记 036：

　　在中央团校大专班学习期间，除了 19 门课，我开始了疯狂的阅读。过去，我主要读中国作家的经典著作，在团校，我开始系统地读外国文学经典，先后读了托尔斯泰的《战争与和平》《安娜·卡列尼娜》《复活》，肖洛霍夫的《静静的顿河》，雨果的《悲惨世界》，还有卢梭、福楼拜、莫泊桑、左拉、巴尔扎克、罗曼·罗兰、马克·吐温等作家的作品，都让我如醉如痴。为了解德国占领青岛的历史，我还查阅了当年的清政府与德国、俄国的外交文件，写下 6 万字的读书笔记。两年时间，我读了 200 多本名著，补了我极为欠缺的课。我至今怀念那些雪夜拥被醉书香的日子。

第一篇论文

日记037：

1985年3月13日，黄志坚老师布置毕业论文的写作，建议同学们发挥自己的优势。我马上联想到17个孩子救人致死的悲剧，准备以《论少年儿童榜样教育的科学性》为题，深入探究这个敏感的问题。我收集了新中国成立以来树立儿童榜样的案例资料，发现这里面问题甚多，陆续写出一万多字的分析。感谢中国社科院社会学所青少年研究室的楼静波老师，她非常赞赏我论文的观点，建议我压缩至七千字，在8月号《青年研究》作为首篇论文发表。随后，该文还被中国少先队工作学会评选为优秀论文。这是我以学术视角研究儿童问题的开始。

日记038：

自中国青年政治学院（中央团校）首届大专班毕业后，我回到《中国少年报》报社，被安排在新复刊的《新少年报》生活文艺组工作，后来担任副组长。1985年9月，去新疆采访25天，曾驱车700千米，穿过戈壁，越过天山，经赛里木湖，抵达伊犁首府伊宁。返回报社后，我们郑重地建议，将《新少年报》改名为《中国儿童报》，这是我们在新疆听到的最多也最强烈的呼吁。在团中央领导的指导下，经过更加广泛的调查研究，1986年2月16日，《新少年报》正式改名为《中国儿童报》，时任中共中央总书记胡耀邦同志题写了新的报名。

第一篇具有标志性的作品

日记 039：

  我的文学梦一直如火一样燃烧，并逐渐确定了少年报告文学的创作道路。1986年2月在《儿童文学》发表的报告文学《"邪门大队长"的冤屈》成为我第一个具有标志性的作品。《儿童文学》副主编康文信给予高度评价："第一，人物有个性，不像那些写小名人的作品，都一个路子；第二，向人们提出值得深思的问题；第三，通篇自然顺畅，像一笤帚扫下来，不是憋出来的。"具有权威性和极大影响力的《儿童文学选刊》（1986年第4期）不但在卷首转载了《"邪门大队长"的冤屈》，还配发了著名评论家周晓（何人）和汤锐的两篇评论，周晓甚至评价："少年报告文学崭露头角的新作者中出现'南有刘保法，北有孙云晓'，确是其中的佼佼者。"

1986，第一次出书

日记 040：

自 1980 年开始报告文学创作，经过 6 年的积累，于 1986 年出版了我的第一本少年报告文学集《少年巨人》。我诚挚感谢海燕出版社，尤其是姜华和王艳丽等编辑给予的帮助，感谢著名儿童文学前辈作家刘厚明老师热情作序推荐，该序于六一节在《中国青年报》发表。他写道："从这二十几篇作品里站出来的，是一群当代少年儿童新人。尤为出色的是《'邪门大队长'的冤屈》等作品，小主人公本不在作者的采访计划之内，是他临时抓拍的，人物形象和文章结构，更添了一股鲜活之气。"我多次去刘厚明老师家求教，他说："创作就是不能重复自己。"他建议我尝试多路子、多手法，抓一横断面，选最精彩处展开。

1986 年，第一本作品集《少年巨人》出版

向名作家金近约稿

日记041：

我在《中国儿童报》负责新闻和文艺两个版，自然需要向作家约稿，而每一次拜访作家都是珍贵的学习机会。1986年6月16日上午，我和文艺编辑尹泽华拜访了著名作家金近。这位年过七旬的老作家感慨地谈起自己对童话的看法："都说童话是编的，其实，没有生活就没有童话。"9月9日，金近托夫人颜学琴送来修改后的3000字童话《刁狐狸和傻狐狸》，还说给未上学的孙女和邻居家的孩子读过，孩子们喜欢，所以就送来发表。老作家的严谨令我们感动，于是马上安排发表，成为非常受小读者喜欢的好作品。3年后，金近先生因病去世。冰心在其墓碑上题词："你为小苗撒上泉水"。

日记042：

至今感谢《中国少年报》给了我大量的采访机会。1986年7月，我去四川阿坝采访，从成都出发，经灌县、理县和汶川县，过刷经寺和大草原，抵达红原县，即红军长征经过的雪山草地。途中，我第一次骑马，险些摔伤。一路上，我采访了发明风力酥油分离器的藏族女孩穷科、68岁的流落红军罗大学和马勋泽等人。归途经松潘县到南坪县，不料，一个十几岁的女孩带一群孩子与游客发生冲突后，把火气撒到我们同行者身上。当晚我约校长一同采访这个女孩（韩清桃）。这一路采访，写出多篇作品，包括报告文学《给一个山村女孩的信》《流落红军》。

梦想是成长的发动机

● 人生回眸之四

如何让孩子养成阅读习惯

许多父母担心今天的孩子压力大而诱惑多，难以养成阅读习惯，这的确是一个不可忽视的问题，因为养不成阅读习惯等于缺乏学习习惯，这对于求知与成长是一个致命的障碍。

如何破解这个难题呢？或者说，养成习惯有什么秘诀吗？我注意到，麻省理工学院的科学家研究发现，习惯养成有一个基本路径，即暗示、惯常行为和奖赏。具体说来，就是习惯养成首先是获得一种暗示，或者说获得一种吸引力，然后去不断地尝试，而行为的后果将决定习惯能否养成。也就是说，如果其行为获得成功与奖赏，行为便可能持续下去，进而养成习惯；如果遭遇失败，行为可能会终止，难以养成习惯。

在中国青少年研究中心工作期间，我有幸连续10年主持过教育部的国家课题，即少年儿童行为习惯与人格的关系等研究。在研究与实践的过程中，我认同麻省理工学院科学家的发现，同时发现激发孩子的动机或梦想是培养习惯的关键环节。实践证明，人的动机或梦想越是强烈执着，越有可能养成习惯，因为那是发自内心的愿望。父母们回忆一下自身的习惯养成经历，便能很容易地发现其中的奥妙。

在引言《童年梦想与三个习惯改变了我的一生》中，我介绍了阅读、写作和讲演三个习惯的魔力，让一个资质普通的孩子发现了自己的潜能，从而实现了难以想象的梦想。其实，我的经历正说明了暗示、惯常行为和奖赏的循环路径。在一个无书可读的扭曲年代，我哥哥意外地带回一包文学名著，并且疯狂阅读，这就是对我一个 11 岁少年最强烈的暗示。所以，我也疯狂地阅读起来，并且到处找书看，这就是惯常行为。我的阅读似乎没有获得父母或老师的奖赏，却为什么能够养成习惯呢？我发现，比父母或老师奖赏更为重要的，是内心的满足和成功的体验。因为在那样一个将大量文学名著视为禁书的荒谬年代，在一个从来没有接触过文学名著的无知少年的心里，阅读是一种巨大的享受，甚至可以说是一种解放，怎么能不欣喜若狂呢？正是因为获得成功的体验，我不仅养成了阅读习惯，还逐渐养成了写作习惯和讲演习惯。

当然，今天孩子们的生活与我当年的生活不可同日而语，他们中的很多人都生活富足，父母大都舍得为孩子购买图书，文学名著都不难读到。的确，孩子们受到网络的强大影响，难以静下心来阅读。但其实，越是网络时代，越是需要阅读，因为求知的方式也需要平衡，阅读更可能给人以定力，更有助于打好精神世界的底子。我们还要相信，即使身处网络时代，孩子的成长规律也没有改变，青少年儿童的成长离不开阅读的精神滋养，优质的文学作品值得孩子与它们终身相伴。

那么，如何才能让孩子养成阅读的良好习惯呢？这里，我愿意结合自己的亲身经历与研究，给父母朋友五个具体实用的建议。

一、经常让孩子看到父母在阅读，并创造一个适合阅读的家庭环境

儿童有一个鲜明的特点，那就是善于观察和模仿，尤其是喜欢模仿父母的行为。所以，父母要有为孩子做榜样的意识和责任感。我的女儿是"80 后"，也生活在网络时代，她中小学时代都没有进重点学校，却因为有阅读和写作的习惯，大学毕业后成为一名记者。她是怎

样养成阅读习惯的呢？我不记得曾给女儿讲过读书重要的道理，但是，酷爱读书的老爸给她带来了深刻的影响。

2001年8月，我的新书《我要做个好父亲》出版，刚刚考上复旦大学的女儿为我写了序言，题为《爸爸的那盏灯》。她写道："在我记忆的长河中，家就好比一只小小的船在缓缓行驶，而这船上似乎总有一盏灯陪在陪伴着我。那微弱的、发着橘黄色柔和光芒的灯，那个总在灯下伏案工作的熟悉身影，陪着我走过了无忧无虑的童年和似懂非懂的少年，一直到今天。""我想，今后不论我浪迹何方，爸爸的那盏灯将永远在我身边亮着，因为它早已成为了我心中的明灯！"读了女儿的序言，我感慨良多，因为女儿从来没有这样说过，却一直在默默地观察和思索。

回想一下，女儿养成阅读习惯，除了观察大人的行为，还有一个重要因素，就是家庭的阅读环境。在我们的家里，最多的家具就是书柜，有六七个，并且有女儿的专用书柜。女儿的生日礼物也经常是她喜欢的图书。女儿做了妈妈后，她的孩子不到一岁的时候，就有了自己的书架，经常以书为玩具。无论是"50后"的我，还是"80后"的女儿，在成长过程中，书籍都是最好的朋友，养成阅读习惯，终身受益。

二、经常带孩子进图书馆或逛书店，给孩子自由选择的机会

儿童是好奇的，面对浩如烟海而又丰富多彩的图书，很少有孩子不动心的，总想翻一翻、看一看。所以，经常带孩子进图书馆或逛书店，是激发孩子阅读兴趣的有效方法。如果给孩子一点钱，允许他自由选购一本书，孩子一定更有积极性。

有些父母可能会担心孩子自己选择的图书不合适，太幼稚啦，太搞笑啦，成人化啦，等等，希望孩子看有意义的儿童文学经典。实际

上，儿童阅读兴趣第一，只要没有色情暴力等大问题，都是可以包容的。我 11 岁时如饥似渴地读那些文学名著，没有一本是儿童文学，但那些书同样给予了我真善美的巨大震撼。我们要相信孩子的理解力与判断力，给予他们体验与探索的机会。最重要的是，通过自由选择，激发出孩子的阅读兴趣，这就是巧妙的暗示，是养成阅读习惯的关键环节。如斯坦福大学行为设计实验室负责人福格教授所说，越是动机强烈，越是容易做，就越容易养成习惯。

三、亲子共读和睡前故事让阅读成为美好的体验

习惯的养成一般不是强制的规定，而是激发出人自身的动机与兴趣，充分发挥人的主体性与主动性，这样养成的习惯更为牢固，甚至会不断拓展。阅读习惯的培养更是如此。我的体验是这样的：一拿起书就感到愉悦，出差离开家的时候，如果没有带书，就像没带身份证一样，必须带一两本喜欢的书出行，因为书会给我带来快乐和智慧。如何从小培养孩子对好书的依恋呢？亲子共读和睡前故事就是两个极为有效的方法。

许多孩子有一个特点，看书一目十行，匆匆翻了一遍，就嚷着看完了，其实根本没有看明白。碰到这种情况，最好的办法之一就是亲子共读，即父母与孩子同看一本书，然后与孩子交流讨论。父母可以问孩子一些书中的问题，讨论对某些问题的理解等等。孩子如果没有认真阅读，自然难以回答，那就在父母的提示下再读一遍或两遍，然后再来与父母讨论。显然，这样做的结果可以引导孩子学会阅读，并且密切了亲子关系。有一个父亲和女儿共同读了《夏洛的网》之后，夏洛就成为父女俩交流的密码。

对于幼儿和小学生来说，听父母讲或读睡前故事是一个极大的享

受，也是养成阅读习惯的有效方法。有些父母可能会想，我们很忙，也不会讲，用录放机代替父母不是更省事吗？实在忙不开的时候，使用录放机也是可以的，但无法与父母讲或读故事的效果相比，因为后者会更容易让孩子感受到父母之爱，包括视觉、触觉、味觉、听觉等诸多方面的综合感受。其实，找一些儿童文学名著给孩子读并非难事，睡前故事20分钟左右即可，这会成为全世界许多孩子成长过程中的美好记忆。

四、在家里为孩子提供一个专门的阅读时间

孩子养成阅读习惯非常需要父母的理解和支持。曾经有父母问我："孩子不想写作业，只愿意看课外书，这个毛病怎么解决？"对这个问题不能采取极端的态度，例如不写完作业不许看课外书。首先，孩子愿意看课外书是一个优点，并且对学好文化课极有帮助。不爱写作业可能有其原因，对症下药是可以解决的，不宜为了改掉缺点而将优点一并改掉。

值得注意的是，有些孩子难以专心阅读，这就需要父母采取一些措施。例如，选择一个舒适安静的环境，选一个不受干扰的时间，与孩子一起阅读半个小时左右，如果孩子能够自己阅读更好。总之，让孩子逐渐地感受到阅读的快乐，每天愿意享受这段愉悦的时光。如果创造机会，让孩子给父母或小伙伴讲讲他阅读的精彩故事，更是一种成功的体验。同意孩子带伙伴来家一起阅读，也是不错的方法。坚持的时间久了，会产生类似生物钟的反应，到了时间，孩子就会去阅读，阅读习惯就这样逐渐养成了。

五、引导孩子亲近自然与历史，学会读无字之书

我经常感到惊讶，自己为什么会一辈子迷恋山水？一年去香山或颐和园等园林的次数竟达百次之多。2022年冬天，我连续三次去卧佛寺欣赏腊梅。当回顾自己的成长经历时，我明白了，是童年在家乡青岛无数次上山下海的体验，让我养成了亲近自然的习惯。后来，我由亲近自然到探究自然与历史，因为自然与历史密不可分，同样一方山水，因为出了某个人物，也就迥然不同了。

我谈这番感受，是因为越是现代化，越是需要亲近自然，而能否亲近自然，往往决定于童年。如卢梭所言，人的童年时代应该在农村度过。意思是，大自然的环境最有利于童年的生长。

如今生活条件好了，许多父母经常带孩子外出旅游，甚至发展为家庭研学，这是一个非常有益的选择。我给父母们的建议是，不要让孩子只是跟着走，而是通过精心设计，将每次出行作为促进孩子成长的良机。具体来说，就是尊重孩子的好奇心，请孩子承担搜索目的地相关资料的任务，了解那里的地理特征、人文历史、人物故事、特色物产及相关书籍资料等，并负责一部分向导和讲解的工作。我们要相信孩子的能力，小学三年级以上的学生即可完成此类任务。而这样一番锻炼，将有力带动孩子探究自然与历史，更有可能帮助孩子养成良好的阅读习惯。

父母们如果坚持使用以上五个方法，很可能收获一个有梦想、爱阅读、会阅读的孩子，抢在春天播种的意义就在这里。

第六章

56个民族儿童夏令营在北京开营

多少年过去，我一直为32岁时的自己骄傲：怎么就那么胆大妄为？怎么就那样富有想象力？选择在北京举办56个民族儿童夏令营，争取社会各界给予特别支持，居然都如愿以偿！其实，这些都是基于梦想的力量。梦想是无所畏惧的，梦想是大爱无疆的，梦想是追求新奇的，梦想有时候会将不可能变为现实。

第六章　56个民族儿童夏令营在北京开营

异想天开的创意

日记 043：

《中国少年报》报社领导为如何办好《中国儿童报》，请我说说自己的想法，我异想天开地建议举办 56 个民族儿童"勤巧小队"比赛和夏令营。没想到，经过具体筹划并报团中央和全国少工委批准，这项计划成为实际行动。1986 年 9 月 19 日，新华社为全国儿童"勤巧小队"比赛发表了新闻通稿，我们也将 3000 封信发给全国县以上的团委少年部。当天《中国儿童报》领导开会，决定此项目由我负责总的组织。有人预言，这次活动如果成功，将成为中国少先队历史上辉煌的一页。此后一年多的时间，我的主要精力都投入此项目，甚至第一次跑企业拉经费赞助。

日记 044：

熟悉影视剧的人可能会记得配音演员张桂兰（1934—2001），我特别喜欢她配音的电影《闪闪的红星》里的潘冬子、电视剧《阿信》中的阿信等角色。张桂兰自 1949 年起担任配音演员，曾获全国电视剧飞天奖优秀配音演员、金鹰奖最佳女配音演员。我为她写的报告文学《最高的奖赏》被多家报刊转载。1986 年 9 月 16 日，我去她家，将刊有《最高的奖赏》的杂志送给她，几天后，还收到了她 2 页的回信。我的第一部长篇教育小说《孩子，抬起头》出版后，黑龙江人民广播电台郑书琴导演希望录制系列广播剧。我邀请张桂兰老师担任主播，她欣然应允，带着一批小演员，录制得特别感人。

访问陈伯吹等儿童文学名家

日记 045

与许多著名作家的交往已经成为我美好的回忆。1986年11月27日,我和文艺编辑尹泽华在上海约稿,下午去少年儿童出版社,与鲁兵、郑开慧、沈碧娟、秦文君、张成新等交流,随后去《神笔马良》的作者洪汛涛和小说家任大星家里拜访。28日上午去陈伯吹家访问,年逾八旬的陈老又拿糖果又泡茶,接着谈论儿童文学。去报告文学作家李楚城家访问,他主张报告文学要反映现实生活中的矛盾。下午去任大霖家访问,他说:"我到绍兴看鲁迅故居,想法很多,他看那么多封建书籍,却成为伟大的学者,我们今天的教育方法却难以出现大学问家,这是为什么?因为鲁迅是自由的,自己选书,自己做主去玩,广泛接触大自然。我们的孩子生活没有自由。"

儿童文学作家茶话会

日记046：

至今怀念1986年12月1日那次上海儿童文学作家茶话会，我们借《上海少年报》的会议室，请来了许多名作家：陈伯吹、任溶溶、圣野、任大星、任大霖、李楚城、班会文、陈丹燕、彭懿、周锐、刘保法、诸志祥、沈碧娟、郑开慧、黄修纪，等等。陈伯吹老先生率先发言："儿童文学水平代表国家的文学水平，作家要把主要力量放在创作上。作品务必对人有好处，要讲艺术性，不能把大道理干干巴巴地硬塞进孩子的脑子里。"从任溶溶的发言中得知，陈伯吹老先生是自己乘公交车来到会场的，我很过意不去，会后租车送他回家。

1986年与上海老一辈儿童文学名家合影，左二起依次为：圣野、任大霖、任溶溶、陈伯吹、李楚城、任大星。左一为编辑尹泽华，右一为作者。

56 个民族的儿童欢聚北京

日记 047：

全国各族儿童"勤巧小队"比赛取得意想不到的成功。1987 年 6 月 23 日下午，在团中央书记处办公室，我参加了"勤巧小队"比赛组委会会议。我向领导们报告："全国 250 万个少先队小队和 3000 万队员参加了比赛，将有 15000 个小队获奖。"团中央领导同志赞叹道："各族儿童'勤巧小队'比赛这个创意太好了！活动的组织是成功的！"6 月 29 日比赛开始，新华社发专稿，中央电视台和中央人民广播电台均在新闻联播中报道。

1987 年 7 月 27 日上午，全国各族儿童"勤巧小队"夏令营在北京举行盛大的开营式，得到党和国家领导人的热情关怀，也得到社会各界的大力支持。开营式上，各族儿童放飞 3000 只鸽子。关于"勤巧小队"活动，1988 年 5 月，北京少年儿童出版社出版了《比比勤和巧——全国各族儿童"勤巧小队"友谊赛文选》一书，留下较为完整的记录。

第七章
板凳宁坐十年冷

追逐梦想是极具挑战性的行为,它不能因循守旧,不能随遇而安,更不能委曲求全,而是需要"咬定青山不放松"。当发现优越的现实条件已经阻碍了理想目标的实现,就要敢于放弃旧道,敢于开辟新路,敢于承担不可预知的风险。

三进中央团校

日记 048：

在青岛工作 6 年，在《中国少年报》报社工作 9 年，提出辞职却是头一回，需要我付出巨大的勇气。我本想在《中国少年报》干一辈子的，我是多么喜欢儿童新闻工作。但我萌生去意有两个原因：一是写孩子写多了，困惑也增加了，渴望深入研究儿童，揭开儿童成长之谜；二是我坚持报告文学创作与报社的诸多要求有冲突，渴望有一个宽松的创作环境。我相信，文学与教育可以紧密地结合起来。1987 年 2 月 17 日，我向报社领导正式递交了请调报告。有人说我当初选择报告文学创作是一种冒险，现在选择做儿童研究同样是一种冒险。

日记 049：

1987 年 12 月 18 日，我告别了《中国少年报》报社，并放弃副处级别。21 日，我三进中央团校（中国青年政治学院），成为青少年研究所的一名成员，先从少年儿童研究室主任（科级）干起。少先队教育名家韩振东副教授 29 日给我的忠告是："千万别丢了文学创作，丢了文学，孙云晓就不是孙云晓了！"领导的支持和科研人员不坐班的制度，让我获得了最期盼的自由。10 余年内，我在做好儿童研究工作的同时，创作出版 5 部报告文学集和 5 部长篇小说。令人欣慰的是，我的这些文学作品都被视为工作成果，我也多次被评为先进工作者，还获得了多项国家级荣誉。

孙云晓报告文学作品研讨会

日记050：

  1988年5月11日下午，大风呼啸，我的心里却异常温暖，因为"孙云晓报告文学作品研讨会"在文化部312会议室举行。此会由全国少年儿童文化艺术委员会和少年儿童出版社《少年文艺》编辑部主办，著名作家刘厚明主持。主要出席者有：钱钢、理由、肖复兴、曹文轩、傅溪鹏、庄之明、韩小惠、朱述新、王路遥、张飚、康文信、徐德霞、张美妮、关登瀛、郑马、沈碧娟、任哥舒等，时获全国新闻摄影奖的高中生王瑶负责摄影。许多作家都对我自《"邪门大队长"的冤屈》开始的新探索给予积极肯定。理由表示，孙云晓能够多年坚持儿童报告文学创作且成绩显著，令人敬佩。报告文学创作要争取进入主观叙述不露主观痕迹的境界，要用现代意识表现英雄主义。钱钢认为我写的《流落红军》别具意味，提出要面对活生生的生活，而不要用概念框住自己，抛弃一切模式化，让孩子自由自在地生活。傅溪鹏建议，要把社会问题放在人身上写，写名人也要带有社会问题的色彩。曹文轩主张，儿童文学作家是未来民族性格的塑造者。刘厚明引用荀子名言"蓬生麻中，不扶自直"，希望我写出儿童成长的艰难之处。张飚呼吁少年报告文学创作应承担一些社会责任。此会的万字纪要在《儿童文学研究》杂志刊发。10月8日，《文艺报》发表吴继路教授的长篇评论《他呼唤新人性格——谈孙云晓少年报告文学》。此会的举办对我而言，是殊荣，更是厚爱，成为我文学之路上的新路标。

创办《少年儿童研究》杂志

日记051：

在所有的刊物中，我最有感情的当然是《少年儿童研究》，因为这是张先翱教授与我和刘秀英共同创办的杂志，我们3人相继成为3任主编，其中我任主编21年（1994—2015）。1988年9月5日，我们去中国青年政治学院印刷厂拉创刊号，因为我和刘秀英都不会蹬平板三轮，张主编亲自上阵，载着16捆杂志（每捆200册）回编辑部。自第二期开始，我担任编辑部主任，办好杂志是我们当时的主要工作，在我的建议下，杂志开设了专访和少年儿童心态录等专栏。我曾经为该刊与著名女作家冰心、著名社会学家费孝通、国家教委原副主任柳斌等有影响力的人物进行访谈。

1994年担任中国青少年研究中心《少年儿童研究》杂志主编，在北京中山公园组织家庭教育咨询服务活动

梦想是成长的发动机

采访童话大王郑渊洁

日记052：

我三进中央团校（中国青年政治学院），由学生变为教师，经常给大学生开讲座，并担任首届本科生的论文导师。年轻人的探索精神也令我感叹。1988年9月27日，四川来的女学生刘云杉告诉我，因为我写的报告文学《给一个山村女孩的信》，她暑假去四川南坪县寻找到了韩清桃。9月29日，刘云杉和我讨论榜样教育问题，这已经是第二次讨论此话题。后来，她请我做其毕业论文的导师，研究榜样教育问题。如今，刘云杉已经是北京大学的教授和博导，并担任教育学院副院长，经常发表有深度的论文。2019年，她邀请我在北京大学的教育论坛上做演讲。

日记053：

我与童话大王郑渊洁的缘分不浅。1980年，我们都在团中央大楼办公和住宿。早晨，我们经常一起沿着正义路跑步，听他聊一些稀奇古怪的想法。1985年起，我编《中国儿童报》，经常向他约童话作品。1988年11月19日，他骑摩托车来我家，接受我几年前约定的采访。他说自己发表过诗歌和小说，但不是一流的，而写童话则可以天马行空。他认为每个人都有自己的最佳才能区，建议我坚持报告文学创作的独特优势。我写的《选择自己的最佳才能区——童话大王郑渊洁成功的启示》收入我的报告文学集《成功者的秘诀》，1991年6月由河北少年儿童出版社出版。

第八章

加入中国作家协会

从 11 岁开始做文学梦，到 33 岁加入中国作家协会，22 年的奋斗历程充满了艰辛，更是充满了幸福感。没有幸福的体验，就很难持之以恒地追求梦想。当我成为中国作家协会的一员，文学梦不是结束，而是新的开始，或者说从新起点开始。

第八章　加入中国作家协会

80年代是我的文学时代

日记054：

　　1988年11月4日，中国作家协会书记处讨论通过了我的入会申请。我特别感谢著名作家刘厚明和《儿童文学》主编王一地两位介绍人的推荐。自1974年发表第一首儿童诗开始，我就梦想成为一名真正的作家。加入了中国作家协会，我发现这仅仅是文学路上一个新的开始。1989年3月28日，我应邀去中国作家协会参加新会员会议，新会员还有王朔、徐城北、牛志强、童道明等人。在"京沪宁穗邕少年报告文学大奖赛（1988—1989）"中，我有3篇作品获奖：江苏《少年文艺》的《一个少女和三千封来信》；北京《东方少年》的《孙佳星的故事》；广西《中外少年》的《中学"第三世界"的女生》。整个20世纪80年代都是我的文学时代，几乎每一天，我都处于创作或准备创作的状态。

与著名作家贾平凹合影

南极第一女性

日记055：

　　一位地质学家，冒着生命危险，3次赴南极探险，成为世界上第一个登上南极最高峰的女性，将采集到的矿石背回祖国，她就是中国地质科学院南极研究中心主任金庆民。1989年3月，我在中国地质科学院采访了她，获得丰富的素材。3月18日下午2点，忍不住动笔，势如奔马，一直写到次日早晨7点半。整整写了17个小时，这是我从未有过的疯狂体验。激动之后是平静，我又仔细推敲修改了不少时日。感谢责任编辑高远老师的指导，这篇题为《南极第一女性》的报告文学在1989年10月号《人民文学》杂志发表。1999年，年仅60岁的金庆民因病去世，她的名字被载入世界名人史册。

采写英雄少年赖宁

日记056：

　　1989年4月14日，团中央少年部委托我去四川考察并采写少年烈士赖宁的事迹。虽然我一开始表示，宣传少年救火一事不太恰当，但看过介绍后，我发现赖宁是个性鲜明、兴趣广泛、勇于探索的孩子，这引起了我探究的兴趣。4月22日到四川石棉县；23日在赖宁家采访，从上午至夜10点；24日采访赖宁的小学和中学老师及同学；25日寻找赖宁牺牲的现场，采访相关部门人员；26日再访赖宁家和他的中小学。感谢赖宁父母的信任，将赖宁的全部日记和作文都交给了我。我们确定了赖宁的事迹要点：胸怀大志，从小事做起的生活态度；热爱科学，勇于探索的顽强精神；热爱生活，全面发展的美好追求；关心国家，临危不惧的高尚品德。1989年5月31日，团中央与国家教委一起授予赖宁"英雄少年"称号。我写赖宁的报告文学和10月12日在《人民日报》发表的通讯及长篇小说《赖宁的世界》，都写明要学习赖宁的优良品质，但不提倡少年儿童救火。

　　赖宁的事迹被学习，也被争议，有人甚至说是假的。2008年，童年学习过赖宁的清华大学学生来扬与同学专门去赖宁家乡考察，进一步证实了赖宁事迹的真实性，并获得了一些新发现。新中国成立60周年之际，中央11个部委将赖宁评选为"100位新中国成立以来感动中国人物"之一。2012年应吉林文史出版社邀请，我和已经是《中国青年报》记者的来扬合写了一本更完整、更严谨的《赖宁》，全国少工委向全国少年儿童推荐此书。

出席全国青年作家会议

日记057：

作为中国青年政治学院的论文导师，1989年11月12日，86级学员孙宏艳请我指导其毕业论文，研究少年报告文学的发展。没想到，十几年后，她成为我做少年儿童研究颇为得力的合作者。她从中国传媒大学调来中国青少年研究中心，后接替我担任少年儿童研究所所长。我们一起做习惯课题研究，做全国中小学生学习与发展跟踪对比调查，连续十几年做中美日韩中学生比较研究，尤其是共同主持《新中国儿童事业70年》的编写，取得了一系列既有价值也有影响力的科研成果。我为见证年轻人的成长而欣慰。

日记058：

经团中央和《人民文学》杂志社推荐，1991年5月22日至26日，我出席了全国青年作家会议（简称青创会），这是我参加的第一个文学盛会。26日上午，我作大会发言，题目是《为强壮民族的脊梁而歌》，该文6月1日在《文艺报》刊出。

1991年5月24日中午，我帮助邀请一批作家聚会，参会者有陈丹燕、秦文君、沈石溪、刘健屏、程玮、常新港、汪国真、任寰等，大家谈兴甚浓。我试着概括各位儿童文学作家的作品风格：秦文君自然和谐，陈丹燕飘逸灵动，程玮幽默风趣，常新港、刘健屏和沈石溪苍凉冷峻。

采访冰心

日记 059：

  采访作家冰心是我的夙愿。1991 年 6 月 26 日上午，我和中央人民广播电台记者李慧、李宏捧着鲜花，来到了冰心居住的中央民族学院宿舍。原定半小时的见面，结果我们谈了一个多小时。9 月 11 日，中央人民广播电台播出我们对冰心的采访录音。不久，我写出长篇访谈《让孩子像野花一样自然生长——访冰心》，在《少年儿童研究》杂志发表，并被《中国青年报》《中国妇女报》《家庭》等报刊纷纷转载，后收入《用心教养——孙云晓与中外心理学名家的对话》一书。

  我一生收信无数，在这其中，收到冰心先生的来信，是我最惊喜的事之一。冰心在 1991 年 11 月 24 日的来信中写道："云晓先生：杂志五本收到，谢谢！里面有'有女万事足'，您改为'生女万事足'，不对了！因为古人有'有子万事足，无官一身轻'之句，是重男轻女的表示。因此，我给生女儿的几位朋友（张锲、高洪波）赠言，都是'有女万事足'。有客来了，匆上。"91 岁的冰心先生如此严谨细致，这种一丝不苟的精神对我触动极大。1992 年 6 月 4 日，我带新加坡的老师们拜访了冰心，她赠以条幅："一片乡情两处同。"我请她为赖宁家乡的孩子赠言，老人写道："专心地学习，痛快地游戏。"12 月，冰心题写书名的《青春阶梯——孙云晓获奖报告文学选》由贵州人民出版社出版。1999 年 2 月 28 日，99 岁的一代名家冰心与世长辞。3 月 19 日，我手持一枝玫瑰，来到八宝山与冰心先生告别。

听叶君健谈《海的女儿》

日记060：

　　1991年7月10日至13日，我赴承德出席全国儿童文学创作分析会。11日听叶君健报告，他说："严格地说，儿童文学不是小儿科，而是成人文学，只是先给儿童看，但等他老了才真正理解。""以《海的女儿》为例，王子并非继承王位的那种人，而是人的代表，健美而有教养。人的世界比龙宫有吸引力，重点是灵魂，没有灵魂就不是一个真正的人。"

日记061：

　　应《辅导员》杂志社邀请，1991年8月12日，我飞乌鲁木齐讲课。飞机上与北师大心理学副教授董奇邻座，因为职业兴趣投缘，于是聊了一路。他讲了一个心理学故事：一群孩子在老人院子里吵闹，老人轰赶失败，转而欢迎孩子来玩，先是每天给4角钱奖励，逐渐减至5分，孩子们不干了，再也不来了。故事说明心理动机的转换改变了行为。后来，我请董奇为中国青少年研究中心课题学校的老师们讲课，他提到，每一个孩子都是不同的，不能靠想当然来对待孩子，只有改变环境，才能改变孩子。

第一次出席中国作协儿童文学委员会会议

日记062：

1997年7月22日，我第一次出席中国作协儿童文学委员会会议。中国作协书记处书记束沛德和高洪波先后担任主任委员，强调我们的主要职责是团结作家，推动儿童文学事业发展。其中，高洪波既是文坛常青树，又像热心的老大哥，给予作家们许多关照与支持。因为论坛与采风结合，每年一次的年会都像节日一样值得期待，尤其是两次云南之行和广东的聚会，都给我留下美丽多彩的印象。2012年9月，我突患面瘫和带状疱疹，一时不知所措。高洪波闻讯后，马上联系著名中医纪大夫，为我针灸一个多月，奇迹般康复。2015年我退休后，游走各地，偶尔会在朋友圈里写几句随感小诗。令我感到惊喜和意外的是，曾任《诗刊》主编的诗人高洪波多次赠诗于我，或续写，或修改我的拙作，而诗人、书法家钱光培老师还将我的诗以书法形式呈现出来，成为我收藏的珍品。

与著名作家高洪波（中）、张之路（左）合影

梦想是成长的发动机

● 人生回眸之五

改变一生的文学梦

与许多出身于书香门第的作家不同，我成为作家完全是个意外。八旬老父曾经感慨过："我原来以为咱家的坟头上不长文化的苗。"因此，我的成长经历对于那些觉得缺少文学基因却又有文学梦的人来说，可能会有某些共鸣之处。

只要播下种子，就会有希望

我祖籍山东淄博市桓台县果里乡西店村，世世代代务农。因为生活困难，父亲14岁来青岛打工，后成为青岛阳本印染厂（后改名为青岛印染厂）工人。我于1955年2月8日出生于青岛吴家村，5岁时，29岁的母亲因病去世。当时，父亲带着3个孩子，生活非常艰难。7岁时，继母来了，生活有所改善。但是，由于父亲、生母与继母均文化水平极低，加上生活拮据，我的童年几乎没有任何课外书陪伴，更没有接触过文学名著，只有大量的玩耍和劳动时光。奇迹发生在最黑暗的时候。

1966年，中国发生了特殊的大动乱，那一年我11岁。那时，社会乱了套，像是来了一把天大的扫帚，要"扫除一切大毒草"，要清除那些"封资修黑货"。我哥哥当时15岁，正在青岛印染厂技校读书，见工厂图书馆把文学名著扔了一地，又无人管理，就悄悄装了一书包背回家了。

我与哥哥住在很小的房间,见他没日没夜痴迷地读书,我十分好奇:什么东西这么好看?你看,我也要看。这一看不得了,真像人们所说,就像一头野牛冲进了菜园子,我深深地迷醉其中。如今半个多世纪过去了,我依然清晰地记得那些为我启蒙的文学名著:《三国演义》《水浒传》《林海雪原》《红岩》《苦菜花》《青春之歌》《烈火金刚》《风雷》等。

对于我来说,11岁那段奇遇成了人生的重大转折点!我感觉浑身着了火一样,又像一股强大的电流从身上穿过,使我决意要告别浑浑噩噩的过去,去追求丰富多彩的新生:文学太迷人了!作家太伟大了!我要看更多的文学作品!我要成为一个作家!

那些日子,我还需要上山割草喂养兔子,但我会带着书,并且常常把镰刀扔在一边,在山坡上看起书来。据哥哥回忆,父亲让我去自来水站挑水,我挑水归来,不等把水倒进水缸,就捧起了书。

我在青岛鞍山路小学读书时(1962—1969),是一个被老师当众摘掉红领巾的调皮大王。可是,我在青岛第十六中学的三年(1969—1971),居然当上班长和年级的团支部书记,用心读了几年文学名著起了不小的作用。书读多了,手就痒痒,我1970年6月1日开始写日记,至今已经坚持50多年。正因为酷爱读书与写作,我在初中毕业时,被推荐到青岛师范学校接受培训。1973年1月结业后,年仅17岁的我被分配到青岛市四方区少年宫做教师。在那些日子里,文学梦如影随形,一直伴随着我。

因为爱,选择了儿童文学

大海大海我问你

你为什么这样蓝

大海笑着来回答
　　我的怀里抱着天

　　大海大海我问你
　　你为什么这样咸
　　大海笑着来回答
　　因为渔人流了汗

不记得这首儿歌是如何走进我的心里，却令我从青少年时代到花甲之年都难以忘怀。每当我来到海滨，尤其是当我在大海里畅游后，静静地躺在海面上仰望蓝天，我都会情不自禁地吟诵这首儿歌，细细体味其美妙的意境。最让我感到亲切的是，该诗的作者刘饶民先生是我家乡青岛的前辈作家，在青岛台东六路小学等学校当过教师，而其儿媳妇竟然是我的师范同学曹薇红。可惜，我与刘饶民老师只有一面之识，即1974年4月28日在儿歌作家朱晋杰老师的婚礼上。

我常常思索，谁能用八句小诗，把大海的特性及人与大海的关系写得生动自然且富有哲理？诗人刘饶民做到了。因此，当我在青少年时代与这首小诗相遇，简直有一种触电的感觉。在那一瞬间，我就明白了什么是儿童诗，什么叫文学。恰好，我的工作就是整天与孩子们在一起，不知不觉间有了一颗诗的心灵，犹如沉浸在诗的海洋。

在少年宫工作期间，我曾经自告奋勇整理封闭多年的图书馆。当我打开锈迹斑斑的锁，从落满尘土的旧书刊里整理出一本本《儿童文学》杂志，我仿佛进入了姹紫嫣红的花园。后来我成为《中国少年报》的记者，去辽宁采访的时候，我专门拜访了著名儿童文学作家胡景芳先生，因为我印象最深的儿童小说就是在小小图书馆里读到的他的代表作《苦牛》。

那时虽然动乱还没有结束，也已经曙光初现，人们对文学的爱好之强烈达到惊人的程度。我几乎每天都在读诗写诗，很多时候给朋友的信就是一首首诗。1973年8月14日，经好朋友刘铁英老师（朱晋杰的外甥女）介绍，我带着几首幼稚的儿童诗，去青岛第三十中学拜访了著名儿歌作家朱晋杰老师。这是我第一次与作家面对面，心情极为激动。朱老师待人热情，也很务实，马上指导、修改我写的《教室里的秘密》等诗。1974年4月25日，我还去张家下庄，拜访农民诗人张崇刚。1974年9月开始，我报名参加台东夜校文选班，每周两个晚上，跟随宫兆智老师学习诗歌创作。尽管习作被老师批评过，但我获益甚多。

我经常在夜里与李洁、孔健等朋友结伴去看诗画廊。当时正式出版的文学刊物极少，于是青岛市南区和市北区的文化馆就创办了"街头诗画"，与今天许多城市存在的读报栏类似，只是用毛笔抄写，并且加上插图。我们一群疯狂的青少年诗友纷纷投稿。据我1974年1月日记记载，我的《小镢头》一诗刊于青岛市南区文化馆主办的《市南文艺》1974年第2期，附有沈嘉荣插图，并编入诗集《春风来自北京城》。这本是微不足道的小成果，对我而言却是极大的惊喜，觉得自己从此以后就是诗人了。我曾经为此深深地陶醉过。

1974年11月1日，我的一首儿歌《画出公社丰收年》刊登在《青岛日报》第四版的儿歌专版上。这是我第一次正式发表文学作品。1975年元旦上午8点钟，青岛人民广播电台配乐播出我的儿歌《画出公社丰收年》，由四方区少年宫的学员陈少伦朗诵。这首儿歌写于山东栖霞县接官亭村，我带少年宫学生去农村演出和劳动，有感而发。回到青岛，这首儿歌又得到了朱晋杰老师的精心指导，才得以最终完成，所以，我特别感恩朱晋杰老师的提携。

那些日子，19岁的我感觉自己成了世界上最幸福的人，心中的快乐就像大海的波涛翻涌澎湃，如同蓝天上的白云随风游荡。走在路上，觉得一切景色都那么可心，见了谁都觉得可爱。再后来，我的报告文学《南极第一女性》在《人民文学》发表，我的长篇小说《赖宁的世界》在中央人民广播电台播出，我荣获全国优秀儿童文学奖的报告文学集《16岁的思索》入选百年百部中国儿童文学经典书系，等等，我都不曾感受到19岁那年的狂喜了。或许就是因为那是我第一次发表文学作品，并且是我最敬畏的诗歌。我在心底无数次问过自己：我能够进入文学的圣殿吗？

在我的青年时代，诗人是我最崇拜的偶像。从屈原、李白、杜甫、白居易、苏东坡、辛弃疾、陆游、李清照，到臧克家、贺敬之、郭小川、李瑛，都是我景仰的大师。我精读他们的诗作，并且到处追寻他们的足迹。我还拜访过纪宇、尤凤伟、王照青、刘杰、吕铭康、锦河等青岛作家，得到过他们真诚的帮助。2016年11月，我在东京与李洁、孔健两个青岛文学发小聚会，酒未饮，情先醉。

2017年11月1日，我应邀回青岛参加山东省教育厅的一个论坛。匆忙之间，热心的老朋友、散文作家侯修圃老师还邀请孙延明、杨春贤等作家与我聚会，同时邀请青岛市教育局原副局长钟觉民、四方区教体局原副局长刘铁英与会。结果，朋友重逢变成儿童文学笔会，大家互赠作品，谈论最多的还是刘饶民、朱晋杰及儿童文学创作，而我则有了重回青岛文学界的亲密感觉。

对于肯奋斗的人来说，成功在于选择

作为一个在青岛起步的文学爱好者，我的幸运在于1978年即被团中央调入北京，进入中央团校学习，随后被安排去《中国少年报》报社，负责编辑和记者工作。当时，也有机会去团中央机关工作，但我痴迷于儿童文学，愿意回到儿童世界。

就职业生涯而言，我的经历较为简单：1973年开始在青岛当教师，后来担任共青团青岛市四方区委副书记兼总辅导员；1978年调入《中国少年报》报社，当记者和编辑。1987年底，为了研究儿童，调入中国青年政治学院青少年研究所，1991年，转入中国青少年研究中心，一直工作到2015年退休；退休后，我被中国青少年研究中心聘为家庭教育首席专家，被首都师范大学家庭教育研究中心聘为特聘教授，在中国教育学会家庭教育专业委员会担任常务副理事长；自2021年起，我担任中国家庭教育学会副会长、教育部家庭教育指导专委会副主任。

可是，谁能想到？我曾经无数次在颐和园的长廊凝神仰望，梦想写一本《颐和园长廊故事集》。我曾经把自己埋在各省的报纸堆里，剪下大量关于名胜古迹的资料，准备编一本《中国名胜古迹词典》。

那是1980年的事情，一个25岁、初到北京工作的年轻人，太渴望取得一番成就，以弥补自己学历的不足。当我跑到出版社拜访编辑的时候却获悉，北京大学考古专业的师生正在做类似的项目，他们的团队实力与专业水平是我望尘莫及的。我为什么会有一个东张西望的过程呢？因为我越来越发现，自己缺乏诗人的奇思妙想，难以成为一个好诗人。

1980年8月，《中国少年报》报社的领导交给我一个任务，接待著名儿童文学家任溶溶先生。那是一位有趣并且豪爽的长者，个子不高，说话很响亮，当时就住在我的宿舍里。闲聊时他看了我的一些小作品，给予了热情的肯定和鼓励，说我坚持下去一定可以成为优秀的儿童文学作家。我谈了自己写旅游题材的困扰，他瞪大了眼睛说："你守着金山讨饭吃呀！儿童生活一辈子也写不完啊，这是你的最大优势，千万不要舍近求远！"他的几句话对我而言如醍醐灌顶。是啊，作为《中国少年报》的记者，天天与孩子们在一起，不就是最好的题材吗？

长夜静思，我发现自己对非虚构文学的兴趣远远高于虚构文学，平日里，读人物传记和报告文学的兴趣往往超过读小说和童话。于是，我选择了儿童报告文学的创作道路，准备为自己挖一口井。

自1981年开始，我开始陆续发表一批儿童题材的报告文学，如《心愿》《美的追求》《初生牛犊》等。1986年2月，我在《儿童文学》杂志发表报告文学《"邪门大队长"的冤屈》，被上海的少年儿童出版社的《儿童文学选刊》选载，著名评论家周晓先生（何人）发表了儿童报告文学创作"南刘北孙"的评论，即南方有刘保法、北方有孙云晓，引起儿童文学界的广泛关注。1986年，我的第一部儿童报告文学集《少年巨人》由海燕出版社出版。

任何人的成功都不可能一帆风顺。在我创作起步的过程中，也曾经遭遇一系列挫折，甚至被批判为"走资产阶级白专道路"。庆幸的是，我坚持下来了，并且把压力变为动力。

1988年的春天，文化部全国少年儿童文化艺术委员会与上海《少年文艺》在北京举办"孙云晓报告文学研讨会"。著名儿童文学作家刘厚明主持，钱钢、曹文轩、肖复兴等名家出席并评论。著名报告文学作家理由说，坚持创作儿童报告文学很不容易，孙云晓无怨无悔地走自己的路，这是一条崎岖也是成功的创作之路。同一年，我加入中国作家协会。自1996年起，我担任中国作家协会第五至第九届的全国委员会委员、儿童文学委员会委员，也担任过中国科普作家协会副理事长。

1990年，我的第二部儿童报告文学集《16岁的思索》由少年儿童出版社出版。1993年，该作品集被中国作家协会评委会评选为全国优秀儿童文学奖。2007年，该作品集入选《百年百部中国儿童文学经典书系》，由湖北长江出版集团和湖北少年儿童出版社出版。

与此同时，我开始尝试长篇小说的创作，自1990年至2000年的

10年间，先后出版5部作品，依次为《孩子，抬起头》《赖宁的世界》[①]《握手在16岁》《金猴小队》《解放孩子》。其中，《金猴小队》改编成8集剧本（与王云合作），获全国儿童电视剧剧本征文一等奖，被中国电视剧制作中心在青岛拍成同名电视剧，在中央电视台多次播放，并获中国电视剧飞天奖。这5部长篇小说作为孙云晓教育文学丛书，经过修订后，2017年至2021年陆续在浙江文艺出版社再版发行。

1993年，我发表了报告文学《夏令营中的较量》，被《读者》转载，并被教育部（时为国家教委）推荐，震撼全国，引发了一场全国性旷日持久的教育大讨论（2018年第12期《中国政协》杂志发表我的长文《25年后再说〈夏令营中的较量〉》，对读者关心的问题做详细说明）。该作品成为我的一个转折点，即由文学创作转向教育研究，因为有太多的教育课题需要探究。

我30年的教育研究成果是什么？

2016年，浙江文艺出版社出版了"孙云晓教育研究前沿书系"，即《习惯养成有方法》《孩子，你有无限可能》《亲子关系——决定孩子一生幸福的密码》《成功智力——比智商更重要的潜能》《五元家教法——好父母的必修课》《发现童年的秘密》等。2023年至2024年，江苏凤凰教育出版社陆续出版的《教育的魅力在生活》《孩子需要理性爱》《良好习惯缔造健康人格》《文化反哺呼唤共同成长》《梦想是成长的发动机》等书，则是我较有代表性的教育研究成果。此外，还有我与朋友合作的作品，如《藏在书包里的玫瑰》《拯救男孩》[②]

[①] 再版时改名为《少年探险家》。
[②] 后改名为《男孩危机》。

《拯救女孩》①《好好做父亲》，均引起广泛关注。我还作为总主编，组织编写出版了200万字的《百年中国儿童》，2000年由新世纪出版社出版。与民进中央常务副主席朱永新教授主编0~19岁新父母教材《这样爱你刚刚好》20册，2017年由湖南教育出版社出版。我担任主编的《新中国儿童事业70年》大型史书，入选国家出版基金项目和"十四五"国家重点出版物规划项目，2023年由新世纪出版社出版。

儿童文学与儿童教育结合这口井很深也很甜。在文学与教育两个领域行走，给我带来许多特别的益处：对于教育界来说，我懂一点文学；对文学界来说，我懂一点教育。文学与教育的融合激发出了我更多的写作灵感。

回首往事，我感恩家乡，感恩童年，感恩教育，感恩文学。

1993年，报告文学集《16岁的思索》荣获第二届全国优秀儿童文学奖

---

① 后改名为《女孩危机》。

第九章
尝试长篇小说的创作

对于一个作家来说,长篇小说的创作犹如珠穆朗玛峰耸立在远方,已经做过 20 多年文学梦的我,在积累了一些创作经验之后开始跃跃欲试。实际上,我没有开疆拓土地尝试新领域,还是在自己最熟悉的成长与教育主题里深耕,并且将文学梦与教育梦融为一体。

从《赖宁的世界》到《少年探险家》

日记063：

如果说20世纪80年代是我采写报告文学的时代，20世纪90年代则是我创作长篇小说的时代。在此期间，我连续出版了5部传记体为主的长篇作品。采写赖宁激活了我的童年记忆，我特别理解他的追求与梦想，也懂得他的委屈和痛苦。第一部长篇小说《赖宁的世界》于1990年3月由北京少年儿童出版社出版。我在后记中写道："每个人包括每个孩子都有一个独特而完整的世界。""坦率地说，创作这部作品是为了实现我的一个梦：淋漓尽致地表现一个中国男孩子的世界，一个充满雄性气息的世界，一个具有高气质、高追求的世界。""我以为赖宁最可贵的并不在于他的牺牲，而是一个小小少年的伟大追求。那是一种使人乃至整个人类变得更加高尚和更有力量的追求啊！""赖宁既是英雄也是孩子，并且首先是个孩子。" 1990年9月30日至10月23日，中央人民广播电台长篇连播节目播出《赖宁的世界》。30年后，我认真修订了这部作品，根据著名作家张之路的建议，彻底删除了救火的内容，以《少年探险家》为新书名，2019年由浙江文艺出版社出版发行。

《孩子，抬起头》

日记064：

河南安阳的韩凤珍是个富有创新思维的少先队总辅导员，1980年就让每个队员都有机会参加夏令营，后来又发起"寻找孩子身上可爱的缺点"征文活动，还创造出平衡教育法，组织成立关心下一代协会，等等。1990年3月9日，我再次来到安阳，在韩凤珍家做客时，我突然来了灵感，想为他写一部长篇教育小说。我在3月18日的日记写道："我写这样一部小说，也等于写一部实践中的教育学、心理学和少先队学。"1990年12月，长篇教育小说《孩子，抬起头》由海燕出版社出版。1991年4月10日，该书的研讨会在北京举行，韩作黎、韩少华、浦漫汀、张美妮、陈子君、樊发稼、庄之明、肖复兴、尹世霖、胡德华、毛万春、康文信等作家和相关领导出席并发言。著名评论家束沛德在6月1日《文艺报》发表对该书的评论。浦漫汀教授的评论在《儿童文学研究》第5期刊出。1993年3月17日起，著名配音演员张桂兰主播的广播连续剧《孩子，抬起头》在北京人民广播电台连续播出。韩凤珍于1991年9月24日因病去世，我赶去为他送别，也庆幸为他留下了永久的纪念。《孩子，抬起头》的修订版于2020年由浙江文艺出版社出版。

荣获全国优秀儿童文学奖

日记065：

感谢沈碧娟和廖励平两位编辑，我的第二部儿童报告文学集《16岁的思索》于1990年6月由少年儿童出版社出版。《16岁的思索》比起《少年巨人》有了质的飞跃。1993年荣获中国作家协会第二届全国优秀儿童文学奖（1986—1991）。2007年，经著名儿童文学作家束沛德、金波、樊发稼、张之路、王泉根、高洪波、曹文轩（以出生时间为序）等编委推荐，《16岁的思索》入选《百年百部中国儿童文学经典书系》。文坛是一双神奇的眼睛，你如果真的写出好作品，就一定会被看见。

日记066：

自1979年开始，我多次到上海采访，少先队生活对我越来越有吸引力，因为以段镇、沈功玲、赵国强为代表的少先队工作者极大地激发了儿童的主体性与创造性。1991年1月28日，我来上海出席"段镇少先队教育思想研讨会"。29日在闵行区华坪小学观摩少先队自动化集体建设，上午参加中队活动，下午与小队长们对话。鲜活的故事与尖锐的矛盾突然让我的灵感如飞瀑袭来，我记住了一个小队长的名字：胡凯南，他将成为我的小说里一号人物的原型。我对段镇和沈功玲说："参加这次研讨会，我可能是收获最大的人，因为我有把握创作两部长篇，一是长篇儿童小说，二是为段镇老师写一部长篇传记。"他们都表示支持。完全没有想到，我为段镇写长篇传记《解放孩子》，用了整整10年之久。

《握手在16岁》

日记067：

　　20世纪80年代是我与中学生密切互动的年代，因为采写了一系列中学生题材的报告文学，我收到了几万封中学生来信，甚至有几个离家出走的中学生竟然把日记寄给我保存。感谢顾志成老师的执着约稿，也感谢著名作家韩少华的创作建议，1992年6月，我的第一部青春长篇小说《握手在16岁》（共30万字）由中国文联出版公司出版。7月，天津人民广播电台将其录制成长篇广播小说播出。1996年4月24日，美国夏威夷大学讲师唐润来访，这位33岁的美国人把《握手在16岁》中的《写作狂悲歌》一章作为汉语教材，分析之深、之细令人惊叹。2018年4月，《握手在16岁》修订版由浙江文艺出版社出版。

《金猴小队》

日记 068：

创作长篇儿童小说《金猴小队》激发出我前所未有的热情，因为我将上海的少先队改革放在家乡青岛来写，第一次动用了我的童年生活素材。自 1991 年下半年至 1992 年上半年，我都处于高强度的准备与写作状态之中。1992 年 6 月 28 日，我收到少年儿童出版社编辑高逸老师的来信，说著名儿童文学作家任大霖读了《金猴小队》初稿，给予好评，认为这是一部较好的"少先队文学"，内容贴近生活，有鲜明的时代感，不乏生动有趣的细节描写。作者从少先队改革的角度来写，比较新颖。我根据他的建议，又做了修改。《金猴小队》于 1994 年 12 月由少年儿童出版社出版。我与王云合作改编的 8 集同名电视剧剧本，在全国儿童影视剧剧本征集大赛中获得一等奖。该剧拍成后多次在中央电视台播出，获得中国电视剧飞天奖。2017 年 3 月，修订版长篇儿童小说《金猴小队》由浙江文艺出版社出版。

《解放孩子》

日记069：

早在1992年10月16日，我已经开始采访著名少先队教育家段镇，了解上海的少先队工作。其中，23日至27日住段镇家。先后采访了段镇、刘元璋、沈功玲、倪谷音、邱从实、吴申、高洁敏、王建军、张炼红、张琳、沈婕等人。1999年，我又采访了吴芸红、胡德华等资深的少先队教育名家。10月14日，我与段镇夫妇去胡德华家，与王业康、吴芸红、袁鹰、施德全、颜学琴、刘元璋、倪谷音、沈功玲等老同志聚会。聚会后，我采访刘元璋、倪谷音、段镇、王业康等人。我写段镇传记的计划列入中国青少年研究中心青少年研究文库，并给予1个月的创作假。1999年12月8日，我开始写作，家里电话铃响十几次也不接，寒假和春节也在抓紧写作。感谢责任编辑徐莉萍的精心审读和设计，2000年6月，30万字的长篇传记《解放孩子》由北京出版社出版，《人民日报》《中国教育报》等均发消息。2018年4月，修订版《解放孩子》由浙江文艺出版社出版。

● 人生回眸之六

写作习惯为什么特别重要

关于写作的重要性，有许多理论性的概括，我却愿意用一个生活化的案例来说明。很多人都有这样一种体验：如果请你在会上发言，你只是随口说说，水平很可能一般；而如果你写一篇发言稿，即使不照着读，水平也可能提高10倍以上。为什么差别如此之大？因为当你拿起笔来会发现，虽然应该遵循我口说我心的原则，但一篇好的讲稿不能像说话一样随意东拉西扯，而是需要明确的主题和观点及严密的逻辑，也许还需要有分量的数据和典型的案例等等，这才是严谨的表达。尤其是在信息化社会，写作或者表达水平决定着你的思想与建议能否被大家听到和接受，可见写作能力是多么重要。

2022年1月15日，山东卫视《五洲四海山东人》节目播出关于我的纪录片，题为《孙云晓：家庭教育如是说》。其中展示了我坚持50多年记日记的日记本，引起许多朋友的关注，许多人赞扬我坚持半个多世纪写日记不简单。其实，这只不过是一种写作习惯而已。所谓写作习惯，就是有了一种想法或感受，如果不写下来，如鲠在喉，不吐不快。以写日记为例，如果一天没写日记，我就像没吃晚饭一样，总感觉心里痒痒的，而写完日记则心静如水。古人倡导一日三省吾身，就我多年的亲身体验来说，写日记是最好的反省。夜深人静，打开日记，必然会将一天的经历反省一遍，看看什么事情做得好，什么事情做得不好，什么经验教训值得记下来，明天该怎么做。久而久之会发现，日记是最可靠、最忠实的朋友，写日记简直就是和自己进行最坦诚的心灵对话，实在是人格完善的必修课。这样的感受越来越浓厚，情感越来越依赖，写日记怎么能不持之以恒呢？而能够持之以恒的行为不就是习惯吗？

与许多行为习惯一样，写作习惯也是不断生长和迁移的。我从写日记开始到写诗歌，从写通讯报道到写报告文学，从写人物传记到写长篇小说，从写理论文章到写教育专著，从写教育感悟到写生活感悟，写作习惯极大地拓展了我的视野，丰富了我的体验。当然，勤于写作是基于我的文学梦和教育梦的强大激励。

1978年底，23岁的我进入《中国少年报》报社时，是铁了心以写作为生的。当时高考刚刚恢复，大学生活对于我也是颇有诱惑力的，但我只有初中学历，难以如愿。更重要的是，在我有强烈文学梦的心里，坚信作家是写出来的，而不是大学培养出来的。况且，我已经身在专职为儿童写作的岗位，报社远远胜过一所大学。多年后我才反思到，如果当时拼搏一下，能够进入高校深造，可能为一生的发展奠定更为坚实的基础。但年轻时的我主意已定，我虚心向老一代报人学习，投入全部精力，做好记者和编辑的工作，心里有一种背水一战的感觉。

自1987年底进入儿童研究领域，我特别关注各种教育问题。1994年开始担任少年儿童研究所所长兼《少年儿童研究》杂志总编辑，我的主要兴趣与精力越来越集中于教育研究，写作自然转向理论探索与教育应用。有趣的是，许多读者朋友喜欢我教育文章里的文学性，比如经常有生动的故事和感性的语言，生动好读，容易理解。同时，理论界的朋友羡慕我有很多精彩的个案素材和独到的发现。显然，这得益于我长期采访中小学生并从事文学创作的经历。学者往往从理论出发，而我常常基于生活的思考。从文学到教育，我进入了教育理论与实践探索的世界。我越来越发现，自己从17岁当教师，教育的情结一直藏在文学梦里，从来都没有远离。

有朋友问我，教育感悟和生活感悟怎么会写出 3000 多条？这就要再一次说到任溶溶老师告诉我的"动则恒动"。因为习惯了写作，脑子里总是在思考一些问题，而不可能什么都写文章或专著，于是便用写随笔的方式，在微博和朋友圈陆续写教育感悟和生活感悟，与朋友们分享一些即时的感受。虽然我公开发表的第一篇文学作品是儿童诗（1974 年），但我从来不敢以诗人自称，因为确实水平不够，但我仍陆续写下几百首小诗，为什么呢？就是想记录一些稍纵即逝的灵感，特别是退休之后，更愿意以写诗来锻炼自己的想象力。其中有些诗是梦里或半醒半睡中做成的，所以我的床头经常放着纸和笔。

经常有父母朋友找我咨询孩子不爱写作或害怕写作的问题，其实，这是很正常的状况。因为数学可以算出来，写作则文无定式，缺乏经验的孩子自然不知所措。虽然说博览群书最有利于写作，许多喜欢阅读的孩子却畏惧写作，因为不掌握一定的技巧难以动笔。怎么解决难题呢？我的经验就是化难为易，引导孩子写熟悉的、具体的、感兴趣的或者是感动的事情，这样孩子就感觉有话要说，有情感愿意表达。2019 年，我与女儿孙冉合作出版了一本书，名为《遇见文学的少年妙不可言》，写出了"50 后"父亲与"80 后"女儿的共同特点，都是因为喜欢文学，养成阅读和写作习惯，而获得理想的发展。此书可以说是我们父女俩与大家分享的"私房菜"，也是对父母该如何引导孩子养成写作习惯的完整回答。

如今的孙冉已经是资深媒体人，她在书中回答编者提问"父亲对你的写作有何影响"时说："父亲对我的写作在早期有很多指导，可以说，我走上写作这条路，就是受父亲的影响。他培养我从小学一年级开始写日记。"她谈及我鼓励她当小记者的经历，并说："这让我很小就有了一个做新闻记者的职业梦，并且真的在 10 年后梦想成真。"

究竟是怎样突破写作难关的呢？1990年3月5日晚上，我与7岁的女儿走在街上，心情甚佳。女儿发现地上的碎玻璃在路灯下闪光，就问我碎玻璃像什么，我鼓励她自己想一想。女儿说像闪闪的星星，也像珍珠，我听了很是惊喜，就表扬了她的想象力。见女儿很开心，我就建议她写下来，说把刚才的发现写下来就是一篇观察日记。女儿很惊奇，愿意试一试，可担心

有些字不会写，我鼓励她不会写的字可以用拼音代替。结果，女儿很顺利地写出了第一篇日记，并且越来越自信，小学六年一直坚持写日记，而这就是她养成写作习惯的基础。

其实，许多孩子都有一些细小而新奇的发现，鼓励他们写下来不是难事，而这就是学会写作的开始，关键是父母要多加鼓励和引导。当然，办法还有很多，例如说写结合，不会写可以先说，把说得好的录下来，再加以整理修改，就是一篇文章。父母要把握一个最重要的原则，就是化难为易，让孩子感觉容易做到。相信孩子经过多次磨炼，会越来越有经验，能力会不断增强。孙冉在五年级以后，就可以写出较长的日记了，如《小兔子三部曲》，写出养兔子的一波三折，这是因为她亲自喂养兔子，观察细、感情深。

总之，我们务必相信，每个孩子都有写作的潜能，越喜欢阅读，写作潜力越大，关键在于让孩子获得成功的体验，并且坚持下去，养成习惯。无数人的成长经历说明，孩子一旦养成写作习惯，必将终身受益！

第十章
主编《少年儿童研究》的日子

"夏去秋来,冬归春至,年复一年二十七。笔耕墨润发似雪,猜一猜,我有多么爱你。"这是我为参与编辑27年的《少年儿童研究》杂志写下的告别小诗的第一节,发表于该刊2015年第4期。特别是担任主编的21年(1994—2015),《少年儿童研究》杂志成为我实现教育梦的理想平台。

挑起所长和主编的担子

日记 070：

学历低一直是我的心结，我更明白，唯有通过奋斗，以高质量成果来弥补缺陷。1993 年 7 月 15 日，团中央出版专业高级职务评审委员会以全票通过我晋升副编审职称，这让 38 岁的我感到欣慰。1999 年 12 月 26 日，团中央出版专业高级职务评审委员会以全票通过我晋升编审职称。2004 年 3 月 24 日，团中央高评委以全票通过我转为研究员系列。25 日，《人民日报》发表我的文章《品德培养从哪里开始》。后来，我成为中国青少年研究中心第一个二级研究员。自 2004 年开始，对进入中心的科研人员的学历要求已经是博士学位，我绝对属于另类。

日记 071：

1994 年 7 月，我被任命为中国青少年研究中心少年儿童研究所所长、《少年儿童研究》杂志社社长和主编。7 月 15 日，得悉杂志社财务实情：账上只有 3.7 万元，其中 1.3 万为其他费用，余下 2.4 万元，不够下半年杂志的印刷费开支。尽管如此艰难，我还是充满信心。9 月 5 日，我担任主编的第 5 期杂志出版。10 月 14 日，中心与《少年儿童研究》杂志社签订 1995 年至 1997 年的承包协议，要求杂志社独立核算，自负盈亏。对我来说，最重要的变化在于文学梦转化为教育梦，由此将重心转向儿童教育的研究。

《中国少年五自丛书——跨世纪的一代》

日记072：

在1994年最后一期《少年儿童研究》杂志上，我写了刊首语，题为《95宣言：进入家庭》，这也是团中央领导的要求。《少年儿童研究》杂志转向家庭教育，我和同事们到处讲课推广，1995年订户超过5万（此前从未过万），并且订户数量持续增加。1997年第1期的印数为16万。1999年，《少年儿童研究》由双月刊改为月刊。中国青少年研究中心举行总结大会时授予我科研贡献奖。我发表感言："遍地是人才，遍地是黄金。人才就是黄金，人才胜过黄金！"

日记073：

1994年，应未来出版社邀请，主编一套《中国少年五自丛书——跨世纪的一代》，即按照自学、自理、自护、自强、自律5个方面，编选一套少年报告文学精品。因为勤奋的报告文学作家都有作品积累，我随即开始物色和联系作者，约定自学卷（刘保法）、自理卷（庄大伟）、自护卷（秦润华）、自强卷（刘小玲）、自律卷（孙云晓）。丛书于1994年12月由未来出版社出版，荣获中宣部全国"五个一工程"优秀图书奖。1995年5月29日，《人民日报》文化版发表著名学者卜卫对此丛书的长篇评论。

第十章　主编《少年儿童研究》的日子

父母的难题就是我们的课题

日记 074：

1992年4月4日,《文艺报》儿童文学评论版头条发表我的《论少年报告文学的震撼力》一文。20日,我赴沪参加少年报告文学研讨会,与浙江师范大学著名儿童文学教授韦苇交流。在蒋风教授主编的《中国当代儿童文学史》中,韦苇教授执笔第5章《新时期的儿童散文和报告文学》,对我的作品有详细的评论,其中,他说我的报告文学"没有小说味"。1955年第9期《中华儿女》海外版发表我的万字自白,题为《渴望自然》,写出了我的心路历程。

日记 075：

1994年12月21日,"怎样办好家长学校"研讨会在全国妇联举行,研讨会由《少年儿童研究》杂志社与中国家庭教育学会、中国妇女报联合举办。这次研讨会也正式宣告中国青少年研究中心开始进入家庭教育领域。1995年4月21日,《少年儿童研究》与《光明日报》合作,举办"两个双休日,孩子做什么"研讨会。4月28日,《光明日报》家庭周刊以大篇幅报道,对刚刚实行的双休日生活给予了及时引导。6月29日,《少年儿童研究》杂志社与中国家庭教育学会再次合作,在全国妇联举办"星星河家庭教育研讨会",倡导独生子女的父母们联合起来。1996年12月28日,人民日报报道《"星星河":助独生子女走出孤独》。

梦想是成长的发动机

《孩子——不能没有爱》

日记076：

　　1995年3月22日，收到一位教师母亲的求助，我同意因心理问题而备受折磨的16岁女儿越勍（化名）来《少年儿童研究》帮助工作，并约她先写出系列文章。4月5日，《中国青年报》教育导刊整版刊出《少年儿童研究》推荐的一组文章，题为《孩子——不能没有爱》，5月3日继续报道，均激起强烈反响。仅四川省绵阳市涪城区文教局就印制53000份，组织全区大讨论。成功的体验鼓舞了越勍，她有意复学，我帮助她联系北京通州二中就读，她考上大学，后又出国留学，归来成为一名活跃的心理咨询师，我们至今是好朋友。我在《成功智力——比智商更重要的潜能》一书中对此有详细描述。

第十章 主编《少年儿童研究》的日子

做领导意味着责任

日记077：

　　1997年6月23日，团中央书记处任命我为中国青少年研究中心副主任。28日，周强书记找我谈话，希望我继续当好学术带头人，把少年儿童研究事业做得更好，成为中心发展的强大支柱。1999年起，我还担任中国青少年研究会副会长兼秘书长，直至2015年退休，一直兼任《少年儿童研究》主编。1997年，中国作协请我与高洪波、铁凝等作家赴新疆采风，我却因为工作忙而遗憾谢绝。平时外出讲课，一般都选在双休日，周五下班后去机场或车站，无论多苦多累，周一早晨都要按时上班。

梦想是成长的发动机

采访社会学家费孝通

日记078：

1995年6月12日，我与八旬著名作家严文井先生通话，谈及学与玩的关系，他说："所有的小动物都没有学校，父母教它们的方式都是玩，如猫扑、狗咬、兔子跑，还有老麻雀带着小麻雀飞，大动物带着小动物寻找食物，这都是生存技能。"老人思路敏捷，语速也很快："人也是动物的一种，最早的人的教育与动物相似，人有学校是很久以后的事情。所以，玩也是学习，玩中有技能，如怎么跑得快，怎么跳得高。技能关系到生存，如猴子从这棵树跳到那棵树，跳不过去就可能是死亡。"

日记079：

我一直认为，记者要敢于采访一流水平的人。1997年1月14日下午，我和同事李艳去北京采访了著名社会学家费孝通。86岁的费老在客厅接待我们，他事先看了我们的采访提纲，便一口气谈了起来。他的主要观点有：一是幼年的习惯将影响人的一生。二是同伴的影响比成人的影响更重要，应鼓励孩子交友，学会交往。他非常赞赏我们推广独生子女合作的"星星河"和"假日小队"，认为榜样教育是必要的。三是要培养孩子的自主性和创造性。为什么有的"差生"会成为企业家？为什么有的好学生长大后很平庸？教育有问题，管坏了。四是孩子是教出来的，第一是家庭教育，第二是学校教育，第三是社会教育。光教技能不行，关键是做人。谈及社会学，费老说，学社会学是为了看大病，志在富民，穷比病厉害。

第十章　主编《少年儿童研究》的日子

不能用自己的牙齿挖掘自己的坟墓

日记080：

我常常惊叹于意外收获。1997年8月22日，我应邀去京郊宽沟参加国家图书奖复评。24日早餐，我与中科院著名数学家杨乐共进早餐，问他："我们有项调查发现，数学是中小学生的第一兴趣，这是正常的吗？"杨乐回答："当然正常啦，而且很有意义。数学是最重要的基础，学好数学才能学好物理和化学，因为理化中许多难题是数学问题。另外，现代社会越来越精确，对数学水平的要求越来越高，而过去则简单多了。"我又谈及关于智力开发的质疑，他想了想说："人生如万米长跑，开头100米猛跑有什么意义？有经验的选手，万米长跑开头并不猛跑，要有后劲。当然，创造力是第一位的，应该减轻负担，解放孩子。"

日记081：

1998年7月18日上午，我们穿过中南海的果林，来到陈云同志的家里，采访陈云的夫人、著名营养学家于若木。79岁的于若木是中国食品工业协会顾问，也是中国学生营养促进会名誉会长。她主张将注重营养定为国策，因为营养可以强壮一个民族，而不重视营养则是"用自己的牙齿挖掘自己的坟墓"。原定采访一小时，结果谈了两个多小时。我表示一定支持学生营养促进会的工作，于老说："这是咱们共同的事业。"1998年第5期《少年儿童研究》杂志，我们做了注重营养的专题报道，包括对于老的专访。

2000，初识朱永新

日记 082：

异想天开首先在于敢想。1998年9月5日是星期六，也是《少年儿童研究》杂志创刊10周年。我们以开展家庭教育咨询服务和发布科研成果的方式，在中山公园举行创刊纪念活动，中山公园也给予积极支持。上午的咨询活动，许多专家赶来支持，下午在中山公园的兰室举行"向孩子学习"课题成果发布会。1998年，《少年儿童研究》杂志社开通了家庭教育电话咨询的"孙老师热线"，洪明博士还据此做了研究。

日记 083：

2000年8月18日，我应邀去苏州张家港讲课，遇到了时任苏州市副市长的朱永新教授。那时候，朱永新刚刚开始新教育实验。2007年3月7日傍晚，我带记者去采访朱永新，谈新父母"新"在哪里，他谈了父母应与孩子共同成长等观点。之后，他拉我一起去搜狐教育频道谈教育与读书。多年后，应朱永新邀请，我们有了许多合作，如组织中国教育学会家庭教育专委会的一系列学术活动；共同发起新家庭教育文化节；共同主编了一套20册的父母读本《这样爱你刚刚好》。2021年1月，朱永新新著《未来因你而来——我与新教育人的故事》出版，其中《孙云晓：走进儿童世界》一章记述了我们的交往。

《唤醒巨人——成功教育启示录》

日记084：

作为连续4届的老委员，2005年7月20日，我在京出席全国青联十届一次会议。我写了12行小诗《因为我是青联委员》，被《中国青年报》特刊发表。24日参加中直团讨论时，中央电视台播音员海霞朗诵了彝族诗人吉狄马加的《秋天的眼睛》，也朗诵了我的小诗。她的朗诵让诗句充满感染力，我感慨道："播音是平面的，而朗诵是立体的。"

日记085：

我关注上海闸北八中多年，一所薄弱初中的成功教育实验让学生抬起头走路，其经验足以给广大学校和家庭带来珍贵的启示。所以，当安徽少年儿童出版社约稿时，我建议为成功教育写一部长篇报告文学。2002年4月29日，我请闸北八中校长刘京海到青岛讲课，开始为采访做准备。5月14日，我赴上海闸北八中采访5天，食宿都在学校，可以随时进行采访。10月完成书稿后，专程到学校征求意见。2003年12月，《唤醒巨人——成功教育启示录》出版。2004年9月7日，上海教育学会等主办方为该书举办首发式暨研讨会。8日，北京举行该书的研讨会。著名学者樊发稼老师的评论在9月27日《新民晚报》发表。同年，该书获得第十四届中国图书奖。该书的修订版《成功智力——比智商更重要的潜能》于2016年5月出版。

《藏在书包里的玫瑰》

日记086：

2002年9月26日晚上，我与做过8年少年刊物编辑的张引墨见面，第二次讨论中学生的性问题。我与她深度交流，发现不少中学生都遇到了性问题，例如，高考体检，某班发现3名女生怀孕。我建议以保密的方式做系列深度访谈。随后，我设计了访谈提纲，张引墨开始了艰难曲折的访谈，我则负责修改、分析和提建议。感谢责任编辑徐莉萍的支持，2004年1月，《藏在书包里的玫瑰——校园性问题访谈实录》由北京出版社出版，3个月畅销17万册，引起巨大反响。2004年1月2日，出版社举办该书的座谈会，性学专家徐天民教授说此书可以作为性教育的教材，李银河研究员认为，性能影响人的一生，此书的大方向是对的。升级版《藏在书包里的玫瑰》扩充了更多内容，2018年7月由新星出版社出版。

日记087：

自2005年2月27日起，我成为中央党校半年制中青班学员，与中国作协书记处书记、诗人高洪波成为同学，他邀请我4月15日为学员举办家庭教育讲座。经高洪波指导，我创作百行长诗《宁静的港湾》，在学员联欢会朗诵，并于5月9日《学习时报》发表。应《家庭》杂志社邀请，我为家庭教育典型案例集做点评，《一个故事一堂课——孙云晓妙评真实家教50案》一书于2005年5月由中山大学出版社出版。

《忠告天下父母》丛书

日记 088：

浙江少年儿童出版社著名编辑袁丽娟是我的老朋友，2005 年下半年多次与我约稿。2006 年 1 月 2 日，我突然萌发一个创意，即与中国青少年研究中心 5 位研究者合作，围绕"五元家教法"涉及的若干问题，展开深度对话，回答父母们较为关心的难题。2 月 14 日，袁丽娟赶来与每一位作者详细面谈，做出具体的设计。2007 年 2 月，《忠告天下父母》丛书 5 册由浙江少年儿童出版社出版。其中，《与孩子一起成长》是我与王珑玲合著；《一把钥匙开一把锁》是我与方奕合著；《警惕童年恐慌》是我与弓立新合著；《好习惯是一生的资本》是我与孙宏艳合著；《好的关系胜过许多教育》是我与张纯颖合著。2006 年 6 月 7 日，《中国青年报》发表我的文章《传统教育流行语：从习惯到批判》。

日记 089：

2006 年，金丽红和黎波两位名编多次约我见面，执意要出版我的家庭教育著作，他们特别喜欢我口述的内容。2006 年 12 月，《我的家怎么了？》一书由长江文艺出版社出版。书的封面上还特别标出："央视《全家总动员》倾情奉献"。12 月 3 日首发式，央视主持人方琼出席。13 家报纸开始连载此书。2007 年 3 月 21 日至 4 月 4 日，央视《文艺之声》节目连续播出此书。多年后，该书主要内容收入《亲子关系——决定孩子一生幸福的密码》一书，2016 年由浙江文艺出版社出版。

我们需要怎样的夏令营

日记090：

我采访过许多中小学生，并与他们保持多年的密切联系。1993年7月27日，应共青团青岛市委少先队总辅导员王春芳的邀请，我去家乡的台东五路小学采访女生杜瑶瑶和她的母亲。杜母1952年生人，丈夫去世多年，她因为风湿性心脏病卧床多年，生活全靠女儿。我写了一篇7000字的报告文学，题为《有这样一个独生女——杜瑶瑶的故事》。后来，杜瑶瑶被评选为全国十佳少先队员。我写的《一个敢于挑战自己的女孩》，主人公即北师大实验中学初一女生苏进，她也同时入选。长春电影制片厂以杜瑶瑶为原型拍摄了影响广泛的电影《一个独生女的故事》，1995年获得第十八届大众电影百花奖最佳故事片奖。杜母去世后，杜瑶瑶从中国海洋大学法学院硕士毕业，后去深圳发展。

日记091：

2005年7月16日，我赴扬州出席"中国夏令营研讨会"。此会由中国青少年研究中心主办，新东方教育科技集团承办。我与俞敏洪做主旨发言，我的发言以《21世纪需要什么样的夏令营》为题，第一次全面阐述了我的夏令营理念。7月29日《人民日报》发表我的文章，题为《我们需要怎样的夏令营》。著名少先队教育专家沈功玲、刘俊友等相继发言。19日，《中国教育报》对此会做长篇报道。27日，《光明日报》7版头条发表对我的访谈，题为《夏令营不应是学校生活的翻版》。

《孙云晓教育作品集》出版

日记 092：

做过 9 年记者和 20 年研究之后，2007 年 2 月，《孙云晓教育作品集》8 卷本由江苏凤凰教育出版社出版，朱永新、陆士桢、卜卫三位教授作序推荐。作品集不是一年突击出来的，而是多年积累并且精心修改出来的代表性作品。《教育的核心是培养健康人格》《教育从尊重开始》《捍卫童年》《教育就是培养好习惯》《与孩子一起成长》《唤醒孩子心中沉睡的巨人》，这六本是我的个人专著。后两本为合著：《两种爱心两种命运》（与胡霞合著）、《阳光法性教育》（与张引墨合著）。至 2010 年 9 月，作品集共销售 25 万册。当出版社要为我出作品集时，我曾经顾虑重重。但考虑到出作品集也是一个修改完善的过程，如果能够在头脑清醒时听到批评，可以适当回应和修改，更有可能给社会留下真正的财富，所以做了这番尝试。作品集获上海第 17 届中小学优秀图书奖。2007 年 1 月 30 日，收到南京市委宣传部寄来的证书，证明我关于《培养孩子良好的行为习惯》的讲座被评选为 2006 年度"新城市市民讲堂""最受欢迎的讲座"。同一天，《人民日报》及其海外版均发表了对我的访谈。15 年后，我做了全面修订，新版的《孙云晓教育作品集》全部为个人专著，依然由江苏凤凰教育出版社出版。

梦想具有惊人的力量

日记093：

中国青少年研究中心和中国青少年研究会的家庭教育指导师培训项目始于2007年。6月7日去北京会议中心，参加劳动和社会保障部就业技术指导中心关于家庭教育指导师等6个新职业的专家论证会。我从"今日高考也是考家庭教育"的角度谈家庭教育指导师职业的必要性。7月10日，劳动和社会保障部一位处长来到中国青少年研究中心，确认可以做家庭教育指导师岗位培训，但尚不是职业培训。9月22日，家庭教育指导师岗位培训试点班在中国青年政治学院开班，100名学员参加培训。

日记094：

2008年2月16日，应邀回《中国少年报》报社，出席《中国儿童报》创刊62周年座谈会。与老同事重逢自然开心。我在发言时赞同梁大昕关于"儿童报要儿童化"的观点，建议要做到"儿童化需要专业化"，要坚持儿童优先和儿童本位。梁大昕是我在报社的好朋友之一，他回忆起20年前我们排队买饭时我问他有什么目标，他说当个好编辑，问我则回答成为知名作家。他感慨道："20年后，我们都实现了自己的目标，是目标决定未来，因为目标决定追求。"我也感叹梦想具有惊人的力量。

第十章 主编《少年儿童研究》的日子

访谈中国教育学会会长顾明远

日记095：

经有关部门安排，我多次接受外国媒体采访。2008年7月30日，上午接受法国《费加罗报》记者采访，谈代际关系的变化；下午接受巴西最大的周刊《阅读》（或译为《请看》）记者采访，谈中国留学生问题。2008年9月10日，接受美国彭博新闻社记者采访，谈北京奥运会与鸟巢一代。9月16日，《中国教育报》发表我的长篇文章《鸟巢一代塑造中国新公民形象》。2010年2月5日，接受意大利《晚邮报》记者采访。6月24日，接受美国《洛杉矶时报》记者采访，谈男孩问题。此前，还接受美国《时代周刊》、韩国电视台等外国媒体的采访。

日记096：

2008年是《少年儿童研究》创刊20年，为了提升学术水平，2009年推出理论版。2008年9月9日上午，与洪明去北师大拜访时任中国教育学会会长的顾明远教授。此前在参加北京某小学活动时，我与顾教授有过交流并约定访谈。此次重点谈基础教育的三大使命，即打好三个基础：少年儿童身心健康、终身学习和走入社会。顾教授虽然年迈却思路清晰，令人敬服。长篇专访发表于2009年第1期《少年儿童研究》杂志理论版，题为《基础教育的核心在于"基础性"》。

采访国家总督学柳斌

日记 097：

2008年10月28日上午，主持《中国未成年人权益保护状况报告》论证会；下午，与孙宏艳、赵霞去教育部，参加时任教育部副部长袁贵仁主持的会议，他希望中国青少年研究中心参与《国家中长期教育改革与发展规划》调研工作。随后，中国青少年研究中心组成课题组专门进行了调查研究，形成的研究报告为《国家中长期教育改革与发展规划纲要2010—2020》的制定提供了参考。在苏州举行的中国教育学会家庭教育专委会换届会议上，我当选为常务理事。12月10日，接到中国教育电视台通知，我入选了"改革开放30年中国教育风云人物"。

日记 098：

2009年3月24日，与洪明博士去教育部采访时任国家总督学的柳斌，这是我第二次采访他。谈及推动素质教育的坎坷路程，柳斌从9点谈到12点多。访谈以《挑战与回应：素质教育不朽使命》为题，发表在2009年5月号《少年儿童研究》杂志理论版。3月27日，《中国青年报》发表对我的专访，题为《中国的父教缺失是我们民族很大的隐患》。4月16日，《人民日报》转载我的博客文章《别让孩子的情感"荒漠化"》。5月8日，《解放日报》发表对我的整版专访《仅有母爱是不够的》。

第十一章
课题研究

梦想是较为笼统的指向与追求，而实现梦想则是具体的和实际的。因此，实现教育梦需要解决诸多具体问题，对于科研人员来说，自然需要做一系列课题研究。在 20 多年的课题研究实践中，许多教育难题的解决路径逐渐变得清晰起来。

"我国城市儿童媒介接触与道德发展"研究

日记099：

　　1992年2月21日上午，中国社科院新闻研究所的卜卫好友来谈课题合作，我建议将原计划的少年儿童思想状况调查改为"我国城市儿童媒介接触与道德发展"研究，经与领导协调，确定了这一新的课题。课题由中国青少年研究中心、中国少年报社、中国社科院新闻研究所合作研究。作为课题组副组长，卜卫功不可没，她设计了在16个地市级城市抽样3360名中小学生进行问卷调查。我建议设立子课题，将全国十佳少先队员与中小学生做对比研究，并与团中央少年部的艾玲合作完成。1993年4月2日和4日，我们分两批向媒体发布课题研究成果，新华社、《人民日报》等40余家中国媒体和英国路透社等纷纷报道课题研究的数据与分析，产生了广泛的影响。1994年11月，中国少年儿童出版社出版了《大众传媒与儿童发展》一书，全面介绍了课题成果。

杰出青年的童年与教育

日记100：

1995年4月7日，我主持召开"杰出青年的童年与教育"课题组会议。我们计划研究的杰出青年包括：历届的中国十大杰出青年、中国青年科学家、全国杰出青年企业家、全国青年科技标兵、全国青年岗位能手、全国十佳少先队辅导员等。虽然课题经费不足，但我们还是顺利完成了课题，得到了许多珍贵的数据。12月15日，"杰出青年的童年与教育研讨会"在全国妇联举行，引起学者和媒体的广泛关注。1998年6月，我主编的《杰出青年的童年与教育》一书由江苏凤凰教育出版社出版，并获得团中央"五个一工程"优秀图书奖。

中国独生子女人格发展状况及教育

日记 101：

1996年，中国青少年研究中心启动了"中国独生子女人格发展状况及教育"研究，我与卜卫、关颖等专家多次讨论课题实施方案，培训调研员队伍，得到全国12个城市的大力支持。1997年6月3日，中国青少年研究中心在中国科技会堂举行课题成果发布会，我和卜卫介绍此项研究的技术和取得的科研成果。当天，新华社发出新闻通稿，中央电视台《新闻30分》做了报道。1998年3月，天津教育出版社出版了《培养独生子女的健康人格》。2016年6月，修订后的《如何培养儿童的健康人格》一书由江苏凤凰教育出版社出版。此书在《齐鲁晚报》上也连载了20余期。1998年10月，中央教科所的《教育研究》发表了我和卜卫关于此课题的长篇论文。

中美日韩高中生比较系列研究

日记102：

未成年人的保护需要借鉴国际经验。2006年4月，《当代未成年人法律译丛》由中国检察出版社出版，译丛包括德国卷、挪威卷、美国卷、澳大利亚卷、英国卷和日本卷6册。这是中国青少年研究中心、团中央社区和维护青少年权益部、中央综治委预防青少年违法犯罪工作领导小组办公室合作的珍贵成果。我和北京大学法学教授张美英担任了该丛书的主编。直到今天我依然认为，这套书对于中国完善对未成年人的保护措施很有借鉴价值。

日记103：

中国青少年研究中心参与中美日韩高中生比较研究持续十几年，这可能是国际上很少有的课题。2006年12月28日，我主持"中美日韩高中生生活意识比较"课题研究成果发布会，并概括出中国高中生四强四弱的特点，27家媒体到会采访，13家网站转载。新华社、《人民日报》《光明日报》等纷纷报道，《北京晚报》当天即做详细报道。此课题能够坚持多年，需要感谢日本青少年研究所研究员胡霞和中国青少年研究中心研究员孙宏艳的特殊贡献。后来，该课题扩展到中小学生和亲子关系等方面的比较研究。2007年5月28日，中日韩三国首都小学生比较研究成果发布，新华社连发5篇新闻稿。

大型图书《百年中国儿童》

日记 104：

中学生需要游戏吗？2012年3月13日下午，我在北京朝阳区教育分院参加"中学生校园游戏与快乐成长"课题研讨会，此会由团中央学校部和中国青少年研究中心共同主办。5月29日，我在朝阳区东方德才学校主持中学生校园游戏观摩研讨会。中学生们丰富多彩的课间活动体现了游戏的巨大魅力。出版《中学生校园游戏100例》一书时，我应邀写了前言《中学生特别需要游戏的四个理由》。10月25日，团中央召开《中学生校园游戏100例》出版暨中学共青团工作载体创新研讨座谈会，并赠送1万册书给全国各地中学。

日记 105：

1998年2月19日，新世纪出版社副社长丁志红和编辑王小斌来访，希望中国青少年研究中心帮助编写大型图书《百年中国儿童》，我认为此项目极有价值，建议中心立项支持。我们经过讨论，确立17个分卷，聘请退休的张先翱教授为执行主编，李艳为编辑部主任。作为总编辑，我提出16字原则：守土有责，科学眼光，均衡取舍，史家笔墨。经过两年多的艰苦奋斗，这部200万字、上千幅图片的大书，于2000年10月由新世纪出版社出版。2001年1月7日，《百年中国儿童》出版座谈会在北京举行，专家给予高度评价。

《走进学习时代》

日记106：

1998年，北京出版社希望我主编一套教育类图书，我建议先由中国青少年研究中心和北师大教育系合作课题研究，结合中国实际，阐述联合国教科文组织倡导的"四个学会"，即学会求知、学会做事、学会共处、学会做人，并聘请国际21世纪教育委员会唯一的中国委员、原中央教科所研究员周南照与我联合主编。北京出版社同意我的策划，并承担了课题经费。2月27日，作者会在天安门招待所举行，周南照和主要作者均到会：学会求知卷的郑新蓉（后增加卜卫、魏曼华），学会做事卷的孙云晓（后增加孙宏艳），学会共处卷的金大陆（后增加黄洪基），学会做人卷的贺评（王和平）。解读课题研究报告的《21世纪教师与父母必读》由孙云晓、郑新蓉负责。7月22日，我和康丽颖去北师大出席课题论证会，厉以贤、石中英、郑新蓉等教授参加。这一套《走进学习时代》丛书，1999年9月由北京出版社出版。2006年1月，修订版以《我相信我能》书名，由北京出版社再版。

第十二章
女儿的选择与梦想

在女儿成长的过程中,我经常既感到欣慰,也倍感压力,因为不知道女儿会成长为一个什么样的人,不确认我对其的影响和引导会起什么样的作用,更不清楚女儿会有怎样的梦想与人生选择。实际上,女儿比父母发展得更好,她的视野比父母更为辽阔,她比父母走得更远,因为她有比父母更美好的梦想。

第十二章　女儿的选择与梦想

《神气的小学生》

日记107：

　　我很庆幸陪伴了女儿的童年，几乎带她玩遍北京的公园，而回故乡青岛的时光则是我们最开心的日子。1989年8月15日，我去团中央幼儿园为女儿办理了退园手续，21日送她去家对面的安贞二小报到，从此她成为一名普通学校的小学生。我们没有执意送孩子进重点学校，却为遇到一位经验丰富的班主任而欣慰，她就是钟秉琴老师。那些日子，女儿放学回家时，总是兴奋得眼睛放光，还用新学会的汉语拼音考我，主动给老爸当老师。《北京日报》小苗专刊编辑常瑞约稿时，我以女儿入学的变化写了《神气的小学生》一文。常瑞说，这是小苗专刊发表的第一篇报告文学。后来，女儿养成了阅读和写作的习惯，小学时代就已经发表《热带鱼生小鱼》《小兔子三部曲》等文章。我由此悟到：好老师比名牌学校重要，孩子爱学习比考试成绩重要，有孩子在身边，更容易获得儿童文学与儿童教育的灵感。

小升初大选择

日记108：

孩子小升初对每个家庭都是大事。1995年5月20日，我和妻子去北京月坛中学为女儿报名。此前考虑过几所重点中学，女儿犹豫过，最后都放弃了，她不愿意去名校竞争，而喜欢可以学习日语的这所普通中学。27日，女儿参加月坛中学考试，500人参加考试，录取200人，女儿如愿通过。6月8日，女儿所在的向东小学召开家长会，说已经考入中学的学生不能参加毕业考试。妻子一直担心学日语发展路子狭窄，顾虑重重，但我们还是支持了女儿的选择，和女儿认真谈人生道路的选择与责任。9日，去月坛中学注册。女儿为进入月坛中学做积极准备，摔倒多次后终于学会了骑自行车。后来的发展证明，读写习惯和学习日语成就了女儿的梦想。

日记109：

世纪之交，我获得了许多荣誉，深感盛名之下其实难副。1998年5月，我连续接受中央电视台《东方之子》节目记者温迪雅的采访。6月2日，敬一丹主持的《东方之子》节目关于我的专题在央视一频道播出，主要介绍了我的成长与教育反思。央视另外几个频道也播出了这期《东方之子》节目。1999年4月6日，我经批准，可享受国务院政府特殊津贴。2000年6月，我被国务院妇女儿童工作委员会评选为"全国优秀少年儿童工作者标兵"。

第十二章　女儿的选择与梦想

体验民宿生活

日记110：

生平第一次参加17岁少女的葬礼。1999年7月18日，应家属的请求，我和刘秀英、孙宏艳去北京清河法医中心，与几十个中学生一起，参加女中学生秋儿的葬礼。我曾经见过秋儿，活泼开朗，能歌善舞，却因为两门功课会考不及格及其影响而绝望自杀。实在是太惨痛的教训！在11期《少年儿童研究》杂志，我们刊发了《秋儿之死告诉我们什么》《别逼孩子一条道走到黑》等一系列文章。此外，我们还写了一篇报告文学《生命的追问》，在《少年文艺》发表，以作永久的怀念和警示。

日记111：

1999年7月19日，女儿与月坛中学的师生们去日本体验民宿生活，要在日本中学生家里生活20多天。25日，我们与抵达神奈川民宿家庭的女儿通电话，孩子妈妈难免左叮咛右嘱咐，女儿却喜气洋洋地说："我什么都好好的。扶美子一家对我很好，我的日语大有进步，还敢面对四五十个日本人讲日语呢。"2001年3月，女儿的第一本书《成长悟语》由华艺出版社出版，其中收录了她的《日本民宿日记》。2000年4月1日，月坛中学与日本友好合作15周年庆祝大会在全国政协礼堂举行，女儿作为中国学生代表，用日语发言，受到中日师生们的好评。

梦想是成长的发动机

文学之旅

日记 112：

中学时代，女儿主动邀请3个日本女中学生远藤理佳、扶美子、尧西考先后来家里民宿。3个日本女中学生有几个共同特点：一是能吃能喝，习惯喝冰水；二是自立，来中国的旅费大都靠自己打工挣来；三是自理，旅行很少丢三落四；四是购物谨慎，很少花钱。这些方面，女儿都相形见绌。但中国学生的学习比日本学生辛苦，女儿的日语水平高于日本学生的汉语水平。另外，女儿购物砍价的"本事"也让日本女生刮目相看。尧西考想买一件旗袍，标价480元，女儿砍至260元，尧西考眼睛放光，连声感谢。

日记 113：

对于青春期的孩子，体验远胜于说教。2000年7月16日飞成都讲课，我特意带女儿同行，因为对于喜欢读书写作的她来说，这是行万里路的精彩路线。在成都，我们参观了武侯祠和杜甫草堂；在乐山，我们夜游青衣江，日拜乐山大佛，去沙湾参观郭沫若故居；在峨眉山，我们登金顶，赏清音阁，观察野生猴子；在眉山，我们参观了三苏祠，欣赏苏东坡的词。女儿曾说，最感谢父母的一件事，就是18岁之前带她走过全国13个省，这是给她最大的帮助。

女儿眼中的日本同龄人

日记 114：

2000年8月，我和女儿在日本参加夏令营和民宿活动，女儿的收获比我更大。她认为中国学生有许多比日本学生强的地方，我建议她用事实和数据说话。在卜卫老师的指导下，女儿设计了问卷并翻译成日文，在日本夏令营和民宿期间到处发放问卷。8月11日我回国，女儿继续在日本民宿体验。她8月27日回国后，开始发中国问卷，统计出对比数据后，写成《中日中小学生勤苦状况研究报告》，在《中国青年研究》发表，结论是中日中学生各有优点和缺点。她后来又写出长篇文章《我眼中的日本同龄人》，在2001年2月14日《中国青年报》的"冰点"专栏发表，3月30日《作家文摘》整版转载。这两篇作品均收入她的作品集《成长悟语》，2001年3月由华艺出版社出版。2001年2月26日，中央人民广播电台《午间一小时》节目，播出对我们一家三口的采访《父与女的较量》，谈对中日少年比较的思考。该节目的文字内容收入《没有秘密的孩子长不大》书中。2004年7月19日和20日，央视少儿频道《成长在线》节目播出对我和女儿的采访。

梦想是成长的发动机

高考是个成长礼

日记115：

家有考生，尤其是高考学生，最考验亲子关系与教育智慧。2001年女儿高考，也经历了一些混乱，心生一些恐惧，好在她后来冷静了下来，目标逐渐清晰，内心愈发坚定。6月14日，女儿正式报了志愿，第一志愿是复旦大学社会学系，第二志愿是南京师范大学新闻学院。作为普通中学的学生，她的高目标让老师吃惊。当晚，她对我们说："大考之前犹如临战，必须沉着冷静，战胜自己。我二模成绩上升88分，就是因为状态好。我相信我有潜力！"她还说自己有一种破茧而出的感觉。此前，有机构邀请我去南非、肯尼亚访问，但因为女儿希望老爸陪伴她迎接高考，我决定留在女儿身边。6月23日晚上，全家去故宫欣赏世界三大男高音音乐会，帕瓦罗蒂的高亢、多明戈的深情、卡雷拉斯的优美，让女儿充满激情。在我的鼓励下，自6月28日开始，女儿每天早晨都大声喊出复旦大学学子箴言："相信自己！相信自己的选择！相信自己选择了成功人生！"她还加了一句："我一定能成功！"她还为自己起名"羽墨"。7月7日，女儿走进北京市一五六中学考场。连考3天后，她笑眯眯地走出考场。8月17日，女儿收到了复旦大学的录取通知书。

第十二章 女儿的选择与梦想

出席女儿的大学毕业典礼

日记 116：

参加女儿的大学毕业典礼是令我倍感幸福的事情。2005年6月20日晚，我请假飞上海，由于航班延误，凌晨4点多才抵达。21日下午，出席复旦大学社会发展与公共政策学院的毕业典礼，并代表毕业生家长讲话。女儿在复旦4年，也是越来越好的4年，她关于博客研究的毕业论文获奖，入选复旦大学2005年本科学生优秀论文集，并在2006年第一期《中国青年研究》发表，题为《从BLOG与传统日记的区别看大学生博客的写作心理》。基于实习的优良业绩，她被《中国新闻周刊》录用为记者。2005年12月11日，在女儿的鼓励与支持下，我在新浪开了博客，女儿担任我的顾问，多年来粉丝稳定在500多万。

梦想是成长的发动机

一家人的荣耀都与祖国在一起

日记 117：

每每看到女儿的进步，我都倍感欣慰。2009 年 9 月 22 日，女儿的新书《我们的 60 年》中英文两个版本均由五洲出版社出版，这是她做《中国新闻周刊》记者采访的成果集。20 日接受女儿采访，她请妈妈回忆 1964 年参加国庆 15 周年游行，请我回忆 1984 年参加国庆 35 周年游行，而女儿参加过 1999 年国庆 50 年游行，一家人的荣耀都

与祖国在一起。2009 年 12 月 15 日，中国新闻社决定委派女儿为长驻日本的记者，2010 年 1 月 31 日到任。得悉这个信息，我既为女儿骄傲，心里也充满担忧：不够成熟的女儿能够承担起这个重任吗？女儿却跃跃欲试，真可谓初生牛犊不惧虎。31 日中午，接到女儿来自东京的电话，说她平安抵达日本，下午即开始采访。

第十二章　女儿的选择与梦想

打开父女两代人的心灵之门

日记 118：

年过六旬，一般不怎么喜欢过生日，心中却总有莫名的期待。2017 年 2 月 8 日是我 62 岁生日，早晨收到女儿的一封长信，顿时明白，这正是我的期待。从读大学到工作，女儿已离家 11 年了，并且选修了 2 年的心理学。在信中，女儿诉说了许多真切的感受："您们一直很忙，我从记事起就意识到了这一点。我一直以为，作为一个懂事的小孩，不给父母找麻烦是最大的原则。久而久之，这成了习惯。""我也奇怪，我为何这么拼，但好像有种声音一直在提醒我，我必须要奋斗，只有不断奋斗，我才能变得优秀。我必须要像您们一样优秀，才不会给我爸丢面子。教育家的孩子如果不优秀，就很难有说服力。这句早年别人嘴里不经意的话，却影响了我很多年。""我通过心理学课，也终于想明白了同您们的关系，并找到了那扇开启光明的窗。"我喜欢女儿的文字，字里行间总有一种执着和诚挚。我在当天的日记里写道："过生日有女儿此信足矣。"这封信犹如一把钥匙，可以打开父女两代人的心灵之门，揭开许多成长之谜。

五四奖章

日记 119：

2010 年 7 月 23 日，我和妻子飞东京看望女儿。作为中国驻日本记者，她每天都有发稿任务，很是忙碌。女儿体贴父母，安排我们去体验箱根温泉。8 月 5 日，女儿飞广岛采访和平集会，发出系列报道后，累得回家就趴在了床上。7 日是星期六，我们和女儿中学时代民宿的扶美子一家去日光游览，晚上我们喝茶聊天，女儿抱着电脑在路灯下发稿。10 月 3 日，在日本举行的中日青少年交流 25 周年纪念会上，女儿与扶美子的发言感动了许多与会者。

日记 120：

2011 年 3 月 11 日，日本福岛突发特大地震，正在东京采访的女儿闻讯直奔灾区。15 日，中国驻日本大使馆发布公告，要求中国公民撤离重灾区。我给女儿发短信、打电话，均联系不上，只好在微博上请博友转告。女儿正在采访中国国际救援队，救援队员看了我的微博，向女儿转达了我的劝告。女儿报了平安，说中国新闻社只有她一个记者在现场，不能离开。16 日，她在自己的微博写道："这次报道创了我个人的记录，5 天不洗澡，没热水，在移动的车里赶稿，睡在灾区政府大楼。" 2011 年 7 月 15 日，女儿去仙台灾区采访，这已经是她第 7 次采访日本灾区。2012 年，女儿获第二届中央国家机关青年五四奖章。

追寻鲁迅和川端康成的足迹

日记 121：

女儿越来越体贴父母了，知道老爸酷爱文学，做出特殊安排。2019 年 4 月 14 日，女儿陪同我们乘新干线去河津，又打车去川端康成住过的福田家温泉旅馆，住进他当年住过的房间。夜雨中，重读川端康成的《伊豆的舞女》和《雪国》。15 日上午周边小游得诗："寂寞青春梦无涯，小桥流水福田家。十年一剑惊世界，伊豆舞女美如花。"寻访鲁迅在日本的求学地是我的夙愿。4 月 18 日上午，自东京去仙台，乘 11 路公交车去东北大学，参观了校史馆和鲁迅上课的教室，感慨良多，得诗："长年思鲁迅，今日去仙台。只身入异族，梦如雪花白。缘何立新志，彷徨无限哀。墨海风雨骤，神州狂人来。"

日记 122：

2017 年 10 月 3 日，我在苏州郊外的一家主题度假村，出席女儿的婚礼。我赋诗一首表示祝贺："心有灵犀鹊桥现，东瀛相识结良缘。轶凡立业酬天下，冉冉生辉暖大千。夫妻本是并蒂莲，一池莲花香满园。举案齐眉日日修，三生三世桃花源。"5 日，全家人返回青岛，给 93 岁的老母亲极大的安慰。10 月 18 日，女儿去人民大会堂采访党的十九大开幕式。我不禁感慨：当年的小学生记者，如今成为采访十九大的记者。

父女合著《遇见文学的少年妙不可言》

日记 123：

作为父母，当孩子成年之后，谁不想回顾一下两代人的成长？与女儿合著的《遇见文学的少年妙不可言》，2019年6月由新世纪出版社出版，这是我期待多年的"私房菜"作品。最让我动心的是，阅读女儿评论父亲的文字，对自己成长的酸甜苦辣予以评说。这套名为《文学家风》的丛书，获得国家出版基金支持。2020年4月，新阅读研究所等机构评选的第七届"中国童书榜"公布，《遇见文学的少年妙不可言》入选。

日记 124：

防控疫情期间最开心的事情，就是小外孙向我们走来。2020年4月18日，已经怀孕的女儿发来检查的图片："报告爸妈，今天检查已经听到宝贝的心跳了！""医生说非常健康，一切顺利。"当时我正在颐和园散步，一首小诗脱口而出："桃红映柳绿，飞鸟水上舞。一生何幸福，百事皆晏如。"此后，我们经常陪伴小外孙。我发现他反应敏锐，极其活跃，随即写下多篇《姥爷手记》，自2023年起，在《父母必读》杂志连载。

第十三章
拥抱网络时代

对于有梦想的人来说,网络无异于翅膀,它能够让你飞得更高,让你看得更远,也让你更具有影响力。

孙云晓网站

日记 125：

2000 年是我拥抱网络之年。应《人民日报》编辑祝华新邀请，3 月 8 日晚 8 点至 10 点半，我担任《人民日报》强国论坛嘉宾主持，主题为"减负与教育改革"。2 个半小时，回答 82 个问题，在线人数 9000 多。网络的能量震撼了我。于是，当中青网邀请我 2000 年 6 月 1 日开孙云晓网站时，我欣然同意。2002 年出版的《没有秘密的孩子长不大》一书，记录了与网友的交流。

与网友聊天 10 年结硕果

日记 126：

感谢中青网的鼎力支持，2010 年，是我与网友坚持每月一次聊天整整 10 周年。与网友的密切互动，让彼此都很受益。在安徽教育出版社资深编辑杨多文的建议与支持下，我将 10 年聊天之精华编辑成《孙云晓与你面对面》丛书，2010 年 11 月出版，包括《每个孩子都可以成功》《美好习惯决定美丽人生》《爱孩子要敢于说"不"》《教育就是以爱育爱》4 册。12 月 22 日，丛书发布会在北京举行，陈会昌、祝华新等专家和网友代表发表评论，33 家媒体到会采访。10 月 27 日，《光明日报》发表长篇评介文章《青少年教育三问》。2011 年 1 月 10 日，《中国青年报》发表长篇文章，题为《爱孩子要敢于说不并坚持到底》。新华社、《中国教师报》《文汇报》《北京晚报》羊城晚报及 20 多家网站均有报道。

八九个好习惯成就孩子一生

日记 127：

　　2011 年 12 月 10 日下午，我出席新浪 2011 年度教育盛典，由时任中国教育学会会长顾明远教授向我和朱永新等人颁发"微博风尚教育人物大奖"。我问朱永新教授为何如此勤奋地发微博，他说自己自 2003 年起在电脑上写日记，摘一些适合公开的内容发微博很方便。他的话启发了我，于是自那日起，我开始在电脑上写日记。在那一天，最意外的是与哈佛大学毕业生、杰斐逊总统奖获得者汤玫捷的交流。她说："孙老师，我一直想见您，您的《金猴小队》是对我影响最大的儿童小说。"原来读小学时，她躲在图书馆角落里看《金猴小队》入迷了，闭馆时未被工作人员发现，她担心跳窗而出会让图书馆丢失图书，那个夜晚就一直待在图书馆里。

日记 128：

　　2019 年 3 月 7 日，我的音频课程 48 集《九个好习惯成就孩子一生》在喜马拉雅上线，这是我第一次系统讲解习惯养成的内容与方法，著名教育专家李玫瑾和边玉芳教授给予特别推荐。8 日上午，我出席淄博市百万妈妈读书启动仪式，做 2 小时讲演，第一次讲《九个好习惯成就孩子一生》。大众网直播 10 万人收看，鲁中网直播 6 万人收看。同名书 10 月由湖南教育出版社出版。

36集家庭教育通识课

日记129：

防控疫情期间，我的一大变化就是直播视频课程迅猛增加。2020年2月26日，应长三角地区德育工作联盟邀请，做题为《疫情背景下如何培养孩子的好习惯》视频课，在线收看20多万人。3月6日，北师大教育集团播出我关于亲子关系的视频直播课，在线人数近45万人，搜狐网同步直播，约6万人在线，总计约50万。3月27日，教育部约稿的评论《养成劳动习惯为美好生活奠基》在微言教育推荐，同时在《光明日报》发表。应浙江文艺出版社邀请，录制36集的家庭教育通识课音频课程，4月起在喜马拉雅、荔枝、懒人听书、网易公开课、知乎、爱奇艺、十点读书等平台上线。音频课程的文字版《孙云晓家庭教育精品课》共3册《亲子关系》《好习惯》《学习力》，2021年1月由浙江文艺出版社出版。

日记130：

年龄越大，越思念家乡，更感恩帮助过自己的人。应青岛市教育局和母校第十六中学的邀请，2020年9月19日，在母校的报告厅，以《如何让孩子拥有强大的成长动力》为题，为全市中小学生家长做讲演，145万人在线收看。21日上午，在母校接受青岛电视台《天下青岛人》节目访谈。我说，对于任何学生来说，母校都是最重要的学校。

第十四章

习惯研究：十年磨一剑

在我追逐梦想的漫长岁月里，给予我最为重要的支撑力量，一是用文学和教育为儿童成长服务的价值观，二是阅读、写作、讲演、合作等习惯。所以，我积极主持长达10年之久的国家级习惯课题研究，并取得了远远超出预期的重要成果。

连续 10 年的习惯课题开题了

日记 131：

　　2002 年 4 月 4 日，我主持习惯研究课题论证会，高玉祥、张梅玲、张雨青、陈会昌、郑新蓉、陆士桢等教授出席。4 月 25 日，中国青少年研究中心的习惯课题开题暨全国培训会议在北京商务会馆举行，20 个省 350 名中小学代表出席，由此开始了长达 10 年的习惯研究课题研究。2002 年 10 月 1 日，"培养少年儿童良好习惯的研究与实践"课题（后改为"少年儿童习惯与人格的关系研究"课题）被正式列为全国教育科学"十五"规划课题。2004 年 4 月开始，北师大心理学院参与课题研究，邹泓副院长带领 6 位博士生，针对 6 个子课题，到北京 11 所小学进行为期一年的实验研究，深入探究习惯与人格的关系。2007 年 10 月 26 日，"少年儿童自我管理习惯培养与社会适应的关系"课题被正式列为全国教育科学"十五"规划 2007 年度教育部规划课题。此课题也被列为中国少先队工作学会"十五"重点课题。自 2002 年开始，每年一次的成功计划研讨会暨课题培训会议已经连续举办 19 届。

梦想是成长的发动机

听陶西平谈教育创新

日记132：

　　2003年3月21日，中国青少年研究中心儿童习惯与人格研究课题高级研修班在北京劳动大厦举行，邀请著名教育家陶西平做报告，他以《加强与改进基础道德教育必须坚持教育创新》为题开讲。他说，习惯是由观念支配的。二十四孝影响了中国几千年，而我们的德育不注重情感激发，德育缺乏感召的力量。德育多端，不一定从认知开始，也可以从行为培养开始。学生习惯培养离不开学校文化建设，而学校文化的核心是价值观念、价值判断和价值取向，要有一套价值观体系，从物质文化到行为文化，从制度文化到精神文化。日本有一所学校的校训是"做一件事情一定要做到底"，这就是习惯培养。2005年11月15日，中国青少年研究中心参与主办的"以尊重为价值导向，改变教育行为"教育行动论坛在秦皇岛举行，陶西平做主旨发言。2006年3月9日，我专门去北京市人大拜访陶西平，讨论"尊重改变生活"课题。他建议在细节上下功夫，如引导打工子弟要融入城市生活等。我与陶西平主编的《尊重，从"心"开始》一书于2007年6月由中信出版社出版。陶西平主编《教育改变行为》一书，也邀请我担任执行主编。

《习惯决定孩子一生》

日记 133：

中国青少年研究中心的习惯课题受到全国各地的欢迎，约 500 所中小学和幼儿园申报成为子课题学校，因此讲课任务变得非常繁重。2003 年 9 月，广东省课题组邀请我做 12 场演讲。如何尽可能避免重复演讲内容呢？我突发奇想，准备做 12 场不同内容的演讲，从不同角度阐释习惯培养的内容与方法。新世纪出版社愿意来录音，计划整理出书。13 日上午在广州东风东路小学，下午在广州培正小学，晚上在广州开发区二小；14 日晚上在顺德一中附小；15 日晚上在广州黄花小学；16 日下午在广州乐贤坊小学，晚上在广州宝华培正小学；17 日在佛山市南海区，晚上在南海区西樵镇；18 日上午在佛山市顺德区龙江镇，晚上在南海师范附小；19 日在广州云山小学。此外，我还参加了一系列座谈会。2004 年 1 月，新世纪出版社出版我的讲演集《习惯决定孩子命运——孙云晓儿童教育 12 讲》，仅广州购书中心就销售 2 万册以上，当年即获得全国优秀畅销书奖。修订版《习惯决定孩子一生》于 2013 年 9 月由北师大出版社出版，再次获得全国优秀畅销书奖。

10年耕耘成果丰硕

日记134：

感谢张梅玲、吴恺和邹泓等教授的鼎力支持，中国青少年研究中心的习惯课题研究，经过10年的艰辛努力，不仅如期结题，并取得一系列重要成果。其中较有代表性的团队成果有：2004年1月，作为开题报告的《儿童教育就是培养好习惯——当代少年儿童行为习惯研究报告》，由孙云晓和张梅玲主编，共计44万字，由北京出版社出版，时任中国伦理学会会长的罗国杰教授作序《公民道德建设与养成教育》；2006年5月，作为结题报告的《良好习惯缔造健康人格——少年儿童行为习惯与人格的关系研究报告》，由孙云晓和邹泓主编，共计32万字，由北京出版社出版；2011年4月，《"少年儿童行为习惯培养的研究与实践"课题成果集》，由中国青少年研究会编写，共计140万字，由天津社科院出版社出版；2014年1月，我与孙宏艳、李文道、刘秀英、赵霞、闫玉双等合著的《"五个好习惯"丛书》，由北师大出版社出版，包括《培养仁爱好习惯》《培养自理好习惯》《培养负责好习惯》《培养学习好习惯》《培养尊重好习惯》。2004年4月22日，我在《人民日报》发表《春天里的喜与忧》，谈习惯研究发现的问题。5月5日，《中国教育报》发表我和赵霞的文章《德育为什么成了一壶烧不开的水》，也是分析习惯研究的新发现。2005年9月20日，《中国教育报》理论版发表我的长篇文章《重行为习惯养成 为文明中国奠基》。

4 本书在香港特别行政区出版

日记 135：

1996年3月28日，我应香港理工大学邀请访问香港，考察青少年拓展训练等项目。2004年1月5日，我作为访问学者，到访香港中文大学，进行一系列学术交流活动。此行还拜访了香港青年协会、香港女童军总部等机构。后来，三联书店（香港）有限公司连续出版我的作品的繁体版本，如2011年3月出版《男孩危机》，2011年7月出版《女孩危机》，2012年6月出版《好父母教出好孩子》，2013年5月出版《父教危机》。我也两次应邀来香港书展讲演。2012年7月那次讲演，最开心的事是香港城市大学老师钱芳来听，她是很有影响的诗人，我在《青春社会场》里写过她的故事。9月4日，《明报"教得乐"》专版发表了关于我讲演的报道《教育专家孙云晓：勿用兴趣折磨孩子》《孙云晓：父母如山海像明灯》，篇幅长达4个版。

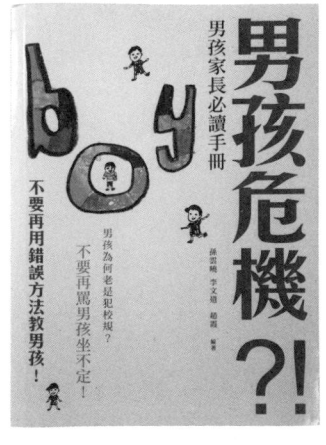 

2 本书在台湾省出版

日记 136：

在做少年儿童研究的过程中，我很重视媒体和出版的传播作用。2004 年 9 月 17 日，应央视《百家讲坛》节目组邀请，在中科院研究生院录制我的讲演，谈独生子女的同伴关系。11 月 25 日，央视播出了这期《百家讲坛》节目，主题为《从同伴关系看独生子女》。2002 年 4 月，我的《教育的秘诀是真爱》一书由新华出版社出版，2003 年获团中央"五个一工程"优秀图书奖。2003 年 7 月，台湾省妇女与生活社出版该书的繁体字版，分为《教育的秘诀是真爱》和《世上没有坏小孩》两本书。

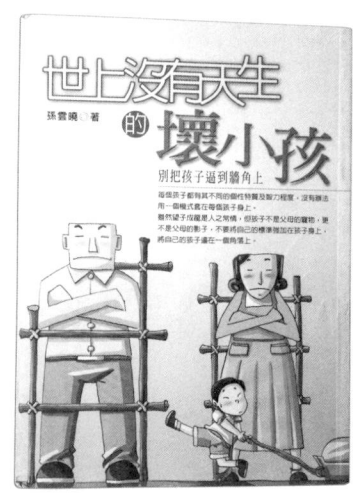

林崇德：四个心理学理论支持习惯培养

日记137：

2014年4月16日下午，去北师大参加"家规家教与习惯养成"暨"五个好习惯"丛书研讨会。最大的收获是听著名心理学家林崇德教授发言，他写了发言提纲，谈民族文化、习惯养成和家教家规三个问题。他完全赞成习惯决定孩子一生的观点，认为四个心理学理论可以支持习惯培养，一是社会学习理论，二是强化理论，三是认知理论，四是深层与表层理论。北京史家小学特级教师孙蒲远关于五个步骤养成学生好习惯的经验分享也很精彩。此会由北师大出版社和《少年儿童研究》杂志社共同举办，会议纪要在8月号《少年儿童研究》发表，题为《良好习惯促进优良家风》。

梦想是成长的发动机

● 人生回眸之七

讲演习惯需要从小培养

讲演和表达能力对于一个人的发展至关重要，尤其是童年时代，是否能够自如和准确地表达自己的意愿，对于自信心乃至尊严影响甚大。因为人长大的过程是由自然人变为社会人的过程，即逐步社会化的过程，而语言的交流是社会化的关键指标之一。当我写下这段文字的时候，心灵是颤抖的，因为严重的口吃曾经让幼时的我深感自卑。

说不清楚是什么原因让我口吃，我只记得小时候最怕说话，似乎一开口就会遭人嘲笑，就会引来麻烦，所以就很少讲话。没想到的是，童年的玩伴逼我讲故事改变了我。是的，为了保持我们的友谊，我结结巴巴讲起了《三国演义》，那是 11 岁的我痴迷的小说。这是我第一次在众人面前较完整地讲述一部历史小说。那是在特殊的动乱时期，《三国演义》等文学名著是禁书，许多孩子并没有读过。伙伴们被我的故事吸引住了，纷纷要求我继续讲下去。说实话，我当时的感觉就像在黑暗的地狱里见到了曙光，内心激动万分，迎着光亮向前走去。几年后，升入初中，班主任要求每个新生发言，谈自己的阅读及所思所想。没想到，班主任听了我的发言，推荐我担任了班长，这成为我生命中又一个转折点。由自卑转向自信，由封闭转向开放，而这就是讲演或表达的力量。

由于长期做儿童教育研究，许多机构或地方邀请我讲演，特别是中央电视台邀请我做过 5 次半小时以上的教育讲演，其中包括在《百家讲坛》做题为《独生子女的同伴交往》的讲演。当我站在央视的直播间里，面对多台摄像机的镜头，我偶尔还会想起童年口吃的自己。当说出"大家好，我是孙云晓"之后，我就进入了自由表达的世界，那感觉很美妙。毫无疑问，讲演能力对于实现教育梦是必不可少的。

讲演有多种多样的方式，线下的讲演需要富有感染力，而线上的讲演更需要严密的逻辑和艺术的表达。近些年来，我做了许多视频课和音频课，如48集音频课《九个好习惯成就孩子一生》，还有《36堂家庭教育通识课》，与李文道博士合作的27集视频课《好爸爸修炼指南》，另有许多直播课程。2022年3月5日晚上，应《中国教育报》邀请，做"两会夜谈"，主题为"双减与家庭教育"，多家平台同时直播，超过74万（741449）人在线观看。这个关注度太令人震撼了，其实，我就是与父母朋友们聊天，因为我对讲演的理解就是与好朋友谈心。

在现实生活中，很多并不口吃的人也可能畏惧发言。他们不知道该说些什么，尤其是担心说错了被人笑话，于是便尽可能推脱。实际上，每一次求职，每一次与人谈合作，甚至谈恋爱，都需要高质量的表达。不敢发言的结果往往是失去了与他人交流的机会，甚至失去了发展的良机。与此相反，有些人则抓住机遇，以精彩的表达来开拓自己的发展空间。

记得有一次在北京应邀出席家乡青岛出版方面的一个座谈会，来宾中有各方面的领导和出版家，大家对女主持人的亲和力与幽默感印象极为深刻。我与这位女主持人是老朋友，知道她担任过青岛市的妇联主席等领导职务。在一次聊天中，我问她的讲演能力是从哪里来的，她说就是得益于童年在市少年宫学习讲故事，知道了该如何表达，该怎样把握神态和语气等等。她青年时代在某纺织厂当工人，工厂团委组织青年职工讲演比赛，她积极报名参加，仗着童年当故事大王的底气，一登台便语惊四座，脱颖而出。后来，她成为一名颇有魅力的领导干部。

毫无疑问，在家乡这位女干部的成长经历中，讲演起到了至关重要的作用。这给予我们的启发是：讲演能力需要从小培养，因为讲演能力包括了思维、逻辑、概括、表达等多方面的能力，是一种极佳的学习方式，能够促进青少年儿童的全面发展。在信息化时代，尤其需要具备这样的能力。

父母们该如何从小培养孩子的讲演或表达能力呢？这里给大家四点建议。

一是多给孩子讲话的机会，鼓励孩子表达。

孩子是在体验中长大的，讲演能力更需要在生活中体验。父母可以经常与孩子聊天，例如让孩子说一说去幼儿园或者上学的经历：对老师和同学有什么印象？发生了什么有趣的事情？碰到了什么难办的事情？要鼓励孩子从容不迫而又完整生动地叙说。孩子可能一下子说不清楚，父母不宜急躁，可以用询问的方式引导孩子补充回答。经过多次锻炼，孩子会叙述得越来越完整和有趣。这就是儿童学会讲演的基础性训练。还有的父母创造出请孩子当老师的好方法，例如鼓励孩子把每天上课学到的知识讲给父母听，甚至家里准备了黑板、粉笔和教鞭，让孩子像老师一样讲课。一般来说，孩子是喜欢模仿的，他们愿意模仿老师讲课的样子，这自然也是一种讲演的体验。这种做法益处多多，一是孩子学会了讲演，二是复习了学过的知识，三是密切了亲子关系，等等。所以，家庭的确是孩子的第一个课堂，父母是孩子的第一任教师，儿童学会讲演要从家庭开始。

二是鼓励孩子在学校里大胆发言，积极参与学校和讲演有关的活动。

学会质疑，大胆发言，是求知者应有的态度。从某种角度说，敢不敢提问和发言往往反映了学习水平的高低。所以，父母要鼓励孩子大胆发言，可以采取引导孩子带着问题上课的方法，例如课前预习，找出有疑惑的问题，准备上课提问。这样做还有一些好处：既让孩子精力集中，又可以胸有成竹，是一种积极进取的学习状态。

许多学校都有各种各样的措施，引导学生学会讲演。例如班会、队会、团组织活动，还有讲演会、故事大王比赛等等，都是很好的锻炼机会。我在长篇传记《解放孩子》中介绍了上海华阴小学的"十分钟队会"，该校根据五年级队员丁炜在学校少代会上的提案，自1984年至今，一直坚持开展每天一次的"十分钟队会"，即每个少先队中队，每天利用下午上课前的十分钟，举行由队员自愿报名和主持的队会，内容丰富，多彩深受欢迎。我特别欣赏的是，全校绝大部分队员都有了登台主持的实际体验，这对于儿童的自信表达是很好的锻炼，其意义甚至超过了单纯的讲演。

三是支持孩子参加校外的讲演或朗诵等活动，不断提高讲演能力。

许多地方都有少年宫或儿童活动中心，其中往往会有讲故事、朗诵、讲演等项目的培训，参加这样较为专业的活动有助于提升孩子的讲演水平。前面提到的青岛那位女干部，她的成长就非常得益于少年宫的培养。

四是将阅读、写作、讲演结合起来，能够提高孩子的综合素养和学习能力。

阅读是开阔视野、吸收营养，写作是将独立思考化为严谨深刻的文字，而讲演是富有感染力的艺术表达，显然这三者是相辅相成的。这是我 50 多年的成长经历中最深的感受。我为什么能够做几千场讲演，就是因为在教育实践的基础上博览群书和坚持写作，所谓"多高的墙，多深的基"，便是这个道理。

对于孩子的成长来说同样如此。我听过几位少年演说家的讲演，他们有一个共同的特点，就是读书多、理解深，所谓理解深往往是伴随写作来获得的，有了阅读和写作的坚实基础，他们才能够面对广大听众做到侃侃而谈。

当然，阅读、写作和讲演绝不是为了哗众取宠，而是为了探求真理、表达思想，以促进个人与社会的进步。从小记住这个道理会终身受益，并可能拥有更为强大的动力。

第十五章
国际学术交流

我们这代人经历过许多挫折,但最幸运的是欣逢改革开放的新时代,吸收了前所未有的丰富营养,让心中的梦想更加深远博大、五彩缤纷。

第一次参加国际学术会议

日记 138：

我第一次参加国际学术会议是在法国巴黎。1997年初，"明日青少年与大众传媒"国际论坛组委会自巴黎来函，说从来自45个国家200多篇论文中，选中了我的论文提纲，邀请我参会发言。当签证遇到麻烦时，组委会做通法国外交部的工作，周六夜晚通知驻中国使馆马上办手续。尽管如此，中国青少年研究中心代表团4月21日飞抵巴黎还是迟到了。中心邀请在英国留学的北京外国语大学教师苗野来做翻译。大会主席是满头银发的法国女学者，她将我的发言由小组发言改为大会发言。23日中午1点30分，我开始发言，题目是《儿童媒介接触与道德发展》，苗野翻译英文，译员翻译法语和西班牙语。我一走下主席台，加拿大记者就迎上来说："这次大会忽略了媒介对道德的影响，中国学者想到了，了不起！"一位英国女士邀请我明年去英国开会，讨论"你理想中的童年"。25日闭幕式上，巴黎大学一位女教授再次提到我的发言，呼吁让儿童重新获得童年。5月21日，《人民日报》报道了我在巴黎的发言。其实，这次国际学术交流的成功应该感谢中国青少年研究中心与中国社科院新闻研究所合作的课题研究，特别感谢卜卫教授的帮助。6月20日，中国社科院成立媒介传播与青少年发展研究中心，聘请我为特邀研究员。

在东京做主旨发言

日记 139：

中日两国联合主办的东京—北京论坛于 1999 年 5 月 23 日在日本东京举行，与会代表共 350 人。论坛邀请我做主旨发言（日本叫基调发言），这是我第二次访问日本。中国驻日大使代表发言后，日本著名画家、时任日中友好协会会长的平山郁夫发表特别讲演。我发言的要点，一是儿童的权利，警惕"教育的荒废"，主张教育是人的解放，教育的目标是让人获得幸福；二是代际关系的新变化，成年人既要教育孩子，也要学习孩子的优点。东京新闻社的酒向部长送别时告诉我，他已经开始向孩子学习了。5 月 31 日，《东京新闻》用两个版介绍了论坛发言的内容。

日记 140：

2006 年 6 月，中国青少年研究中心代表团第一次访问俄罗斯。我们来到俄罗斯人民友谊大学，与人文与社会科学系主任奴鲁、社会学教研室主任尼古拉、系外办主任柳德米拉等会谈。我谈了一个合作开展中俄大学生价值观研究的建议，分别在两国类似的城市发放问卷，各自统计数据后共享，经费自负，自主决定成果的发布与使用。我的提议得到俄方的积极响应。11 月，俄罗斯人民友谊大学副校长率团来访。我们的合作持久而富有成果。

访问欧洲的 3 个青少年研究所

日记 141：

　　1998 年 3 月开始我的第二次欧洲之旅。15 日经法兰克福飞奥斯陆。16 日访问奥斯陆大学，协商参与 30 多国联合的国际儿童瞭望组织活动。17 日，去挪威青少年研究所交流。19 日飞慕尼黑，与德国青少年研究所交流。那天晴空万里，却飘起雪花，一会儿化为小雨，随后天空又晴朗起来。21 日晚上，应邀去研究所联系人里茨女士家做客。23 日飞抵阿姆斯特丹，参观职业中学。26 日在海牙，访问亚历山大私立的青年研究所，该所采取订单式接受研究项目，以青年人参与研究为特色，连朋克青年都积极参与。

日记 142：

　　千石保先生是日本青少年研究事业的开拓者，他长期担任日本青少年研究所所长，著有《认真的崩溃——新日本人论》等影响广泛的著作。我们有多年的友谊，还一起在韩国参加世界青少年研究会议。2010 年 8 月我在东京，希望了解日本中小学生意外伤害保险制度情况。已经 80 多岁的千石保先生听说后，10 日与胡霞研究员陪同我拜访东京都荒川区教委。该区政府为每一个中小学生上 945 日元保险，可保 1000 万日元，约合人民币 60 万左右。显然，这是日本多年坚持开展修学旅行活动的重要保障。

出席中德对话 2013 论坛

日记 143：

应中国人民外交学会邀请，2013年7月1日，我同时任中国工程院主席团名誉主席的徐匡迪经法兰克福飞抵斯图加特，出席中德两国领导人倡导的对话论坛。3日上午，出席中德对话2013论坛，主题是2030年的中国与德国及中德关系。德方主席布劳恩和中方主席徐匡迪分别致辞。我发言的主题是"从双方教科书看如何加强中德下一代的互相认知"，因为使用了丰富多彩的课件，加上内容充实，发言效果良好。5日上午，拜访德法研究所，听取战后德法和解及两国合作的介绍。所长很有水平，认为德法关系面临破碎的危险，因为德法经济越来越不对称。我所敬佩的是，德法和解为人类和平提供了一种理性的范式，值得许多国家借鉴。

参加世界教育峰会

日记144：

卡塔尔基金会曾两次邀请我去参加世界教育峰会。2015年11月3日凌晨1点20分，我乘卡塔尔航空公司航班飞多哈。4日全天在郊外的卡塔尔国家会议中心出席第七届世界教育创新峰会（WISE）。奥巴马总统夫人米歇尔和莫扎王妃到会讲演，在战火中坚持办教育的阿富汗学习协会创始人兼执行总监莎肯娜·雅库比获奖。下午，听巴西企业家和贝塔斯曼专家讨论，用最简洁的一句话概括："教育要基于能力而非学历。"会后我写了《孙云晓：教育让个人和社会变得更加强大——兼谈出席2015世界教育创新峰会的四个没想到》一文，刊于《今日教育》2016年第1期。

《在诺贝尔的故乡》

日记 145：

2001年9月7日飞法兰克福，开始第三次欧洲之旅。此行除了工作交流之外，还在德国的特里尔参观了马克思故居，在丹麦的奥登塞寻访安徒生故居。出访期间多雨，寻找诗人海涅故居时更是大雨倾盆。那些日子，感觉欧洲湿漉漉的，我诗兴大发，留下一些习作。其中，《在诺贝尔的故乡》发表在《少年文艺》2002年第3期。

2001年访问丹麦哥本哈根，在海的女儿雕像前留影

在美国罗德岛大学

日记 146：

2003年2月20日，带团访问加拿大和美国，这也是我的第一次北美之旅。形势有些紧张，因为美国随时可能与伊拉克开战，难以预料会发生什么情况，所以我们也需要做应急准备。经过温哥华和多伦多之后，我们飞美国，去了华盛顿，又在纽约参观了联合国总部。27日乘火车赴罗德岛；28日与罗德岛大学十几位美国老师交流，做儿童习惯与人格的研究报告，引起大家的学术兴趣与合作愿望。该校的华人教授肖经建成为我们长期的合作伙伴。该校教授创立的行为矫正理论（TTM），对于养成教育具有理论支持和实践指导的作用。我们游览了附近的哈佛大学和麻省理工学院，随后几天还参观了耶鲁大学和斯坦福大学，对于创新有了新的认识。回国不久，3月20日，伊拉克战争爆发。2003年12月24日，我邀请肖教授为中国青少年研究中心做演讲，他带来国际性学术刊物《家庭和经济问题》，其中有我主编的5万字相关文章。在他的帮助下，中国青少年研究中心编写的约16万字的《转型时期的中国青少年》（英文版）于2006年3月由英国阿盖希特出版社出版。2004年7月，我带团赴印度参加儿童研究国际会议。

与中外心理学名家对话

日记 147：

2010年5月4日，我开始第一次南美之旅，经巴黎飞圣保罗。5日下午，访问圣保罗大学教育学系，在时任国际社会学会第三十四青年社会学研究委员会中南美洲副主席杜耶尔教授的陪同下，我与该校师生交流青少年研究成果。因为我们此行不去阿根廷，布宜诺斯艾利斯大学的希尔薇娅教授也赶来交流。奇妙的是，有些教授读过中国青少年研究中心编的《转型时期的中国青少年》一书的英文版，我们交流起来很亲切。6日赴巴西利亚，与巴西国家应用经济学院和巴西利亚大学的教授们交流，探讨青少年研究的合作课题，并签署了合作意向书。10日经阿姆斯特丹返回北京。

日记 148：

在我出版的书籍中，《用心教养》具有特殊的意义，这是我与中外心理学名家的对话集，2014年10月由浙江人民出版社出版。之所以说特殊，是其中记录了我与多元智能创始人霍华德·加德纳等一批外国著名心理学家的对话，我希望能站在心理学前沿探讨儿童教育。我与林崇德、陈会昌等中国心理学名家的对话也收录书中。9月25日，我全天在腾讯网录制《用心教养》精品课，33节，每节课大多只有10分钟。书中与加德纳和梅迪纳及兰格的对话先后在《中国教育报》发表。该书还被国家新闻出版总局评选为2014年度"最受读者喜爱的50本好书"。

第十六章
感恩生活

仅靠一个人的力量是难以实现梦想的,发展需要机遇,奋斗需要支持,所以我常怀感恩之心。

第十六章 感恩生活

鞠萍姐姐给我带上红领巾

日记 149：

2009年9月4日，央视支持人鞠萍姐姐来采访，请我回忆少先队的生活，并亲手为我戴上红领巾，节目于10月21日在央视少儿频道播出。5日下午做客央视《对话》节目，与《中国大趋势》的作者约翰·奈斯比特夫妇讨论发展与改革问题。我说，对职业教育的忽视将成为发展的重大危机。奈斯比特颇为认同，说他高中未毕业即退学，去当工人和军人，如今被授予15个荣誉博士。他强调应当重视职业教育和终身学习。2009年，《中国教育报》陆续发表整版的60年教育纪事，9月21日发表《赖宁精神历久弥新》，25日发表《"较量"背后的时代性反思》。9月30日，我开通新浪微博。

2009年，我接受中央电视台儿童节目主持人鞠萍姐姐采访，她为我戴上红领巾

《拯救男孩》荣获"最佳图书奖"

日记 150：

我与李文道、赵霞两位心理学博士合著的《拯救男孩》一书，于 2009 年 12 月由作家出版社出版，感谢朱永新教授作序推荐。12 月 21 日，《北京晚报》发表整版评论《为啥男孩不男孩》。24 日新浪读书开始连载。2010 年 1 月 7 日和 19 日，《中国青年报》连续发表关于男孩危机的长篇报道。3 月 11 日，《中国教育报》的《读书周刊》以两个整版评介《拯救男孩》。《三联生活周刊》13 期以 26 页篇幅做《拯救男孩》专题。3 月 24 日《文艺报》发表我的文章《我为什么写〈拯救男孩〉》。2010 年 5 月，《拯救男孩》印数已达 10 万册。

日记 151：

《拯救男孩》引发社会关注性别教育。全国两会期间，甚至有解决男孩危机的提案，上海八中还创办男子高中实验班。针对有关男孩危机的质疑，我和李文道、赵霞在中国社科院 2010 年第 3 期《青年研究》发表万字长文予以回应。2011 年 1 月，《拯救男孩》入选国家新闻出版署发起评选的"2010 年大众喜爱的 50 本图书"。1 月 13 日，《中国教育报》评选"2010 年教师喜爱的 100 本书"，《拯救男孩》入选，并荣获"最佳图书奖"。25 日我出席《现代教育报》座谈会，时任中国教育学会会长的顾明远教授非常赞成拯救男孩，认为小学班队干部和"三好生"里男生太少。

蛇岛探险

日记 152：

2009年8月21日，我利用去大连的机会，实现了一个多年的梦想：登上蛇岛。其实，我很害怕蛇，但童年时代读过《蛇岛的秘密》一书，就萌发了去蛇岛探险的强烈愿望。没想到的是，蛇岛上虽然有两万多条蛇，却远比想象的小，一般只有尺长左右。蛇小的原因可能与食物短缺有关，它们一年只有两次（三四月和七八月）鸟迁徙带来的进食机会。我问及蛇与鹰的搏斗，工作人员说互有胜负，岛上经常见到死鹰。工作人员还捉住一条蛇，捏住它的脑袋后部，让我摸一摸蛇的腹部。我鼓起勇气摸了一下，凉飕飕的感觉袭遍全身。

日记 153：

2010年6月30日，央视《子午书简》主持人李潘来访，拟推广《拯救男孩》《藏在书包里的玫瑰》等书，请我做系列节目，在亲子读书营连续播出。7月14日，我与首都师范大学性教育专家张玫玫教授作为嘉宾，一共完成16集节目的录制。节目自当年8月开始，在央视陆续播出。

令心灵震撼的腾冲

日记 154：

有缘千里来相会。我迁入京西某小区之后，与许多好友成为邻居，如著名作家张之路。我们经常在一起运动、喝茶和聚餐聊天，每次聚会都长达四五个小时。2011 年 5 月 1 日，我们一起打乒乓球，午餐时聊起创作。他建议我写系列作品时最好用一个主人公，如曹文轩的桑桑、郑渊洁的皮皮鲁、杨红樱的马小跳等，如果多部作品这样做，会取得更好的效果。7 日再聚，谈及如何写好童年生活，他建议可借鉴《窗边的小豆豆》，可以淡化时代背景，但要编出新奇故事。

日记 155：

一直期盼看看云南的腾冲。2011 年 4 月 19 日，终于飞抵这片让日寇胆寒的英雄土地。20 日上午，我冒雨去国殇墓园，看见无数烈士墓碑，像军人的队伍有序排列，依然保持随时出征的阵势，给予心灵巨大的震撼。我想，这是对先烈最好的纪念，值得每一个国人来瞻仰。下午参观和顺镇图书馆及哲学家艾思奇的故居。21 日访李根源故居，登来凤山寻访昔日战场。

第十七章
珍惜每一天

坚持50多年写日记,我形成了每日三省吾身的习惯。我会审视每一天的生活,如果没有做出有益的事情,则会因为虚度时光而感到不安。在我心里,每一天都是珍贵的,每一天都应该有所作为。

"关爱明天好家长大智慧讲座"在央视开播

日记156：

2012年3月1日上午，应团中央权益部的邀请，我参加了青少年法制宣传教育工作研讨会。我在发言中分析了青少年犯罪路线图与道德智能水平，建议从为未成年人的父母举办系列讲座做起，因为预防犯罪是每一个家庭都需要努力的事情。团中央领导请我们中国青少年研究中心牵头设计，与央视合作，为父母们录制5~8讲家庭教育讲座。2012年8月13日，"关爱明天好家长大智慧讲座"在央视12套社会与法频道《法律讲堂》开播。系列讲座题目为：《爱的误区》《家里有危险：注意》《让孩子远离伤害》《数字时代的"趋利避害"》和《游戏与成长》等，其中《好关系胜过好教育》《决定成功的好习惯》由我主讲。团中央领导收看了节目并给予高度评价。对团中央和央视来说，这都是第一套深受欢迎的家庭教育公开课。系列公开课于2012年国庆节重播。随后又制作了5讲作为第二套课程，于2013年8月播出。其中，8月28日播出我的讲演《男孩怎么啦》。2022年1月9日，央视社会与法频道陆续播出6集《依法带娃必修课》，我参与了《尊重之法》和《保护之法》两集的访谈。

推动中国家庭文明十大致敬人物

日记 157：

  有时候，荣誉来得让人猝不及防。2012 年 5 月 6 日，我收到家庭期刊集团的邮件。邮件通知我，根据评审委员会意见以及网民投票的结果，我已正式当选为"推动中国家庭文明十大致敬人物"。

  著名作家毕淑敏还为我撰写了令人感动的颁奖词："孙云晓是当代中国优秀的教育理论家和实践家。他始终葆有一颗童心，以敏锐的目光，研究青少年教育领域的新问题、新观念，提出众多振聋发聩的新观点，以勇敢无畏的精神对现行教育思想进行了一系列挑战和反思，并融入国际化的大视野。他的众多著作，既是对诸多陈旧观念的尖锐拷问，也是饱含新思维的智慧结晶。他那些闪耀着理性光芒和充满爱心的教育宣言，对我国家庭教育和父母理念产生了深刻而广泛的影响。"

为 5000 本《孩子，别慌》签名

日记 158：

2012年5月12日《中国青年报》发表祝华新的评论《从电台孙敬修到网上孙云晓》。他写道："史上有过两位孙老师。一位是孙敬修老爷爷，借助中央人民广播电台"小喇叭"节目培育了一代人；一位是孙云晓大叔，借助互联网，与一代少年儿童和他们的父母结成良师益友。孙云晓'触网'十余年，定期与学生及其父母、老师网络对话。"

日记 159：

《孩子，别慌》一书于2012年7月在中国少年儿童出版社出版，该书以我在微博上写的教育感悟为主要内容，并突出了捍卫童年的主题。著名作家高洪波和康健教授为《孩子，别慌》写了书评，都是很有真情实感和独特见解的评论。8月9日上午，我去中国少年儿童新闻出版总社参加《孩子，别慌》媒体见面会，与三十多家媒体记者交流。很开心的是，会议由国际象棋冠军、教育学博士谢军主持。该书首印142000册。来自中国邮政集团公司报刊发行局零售处的陆鹰处长发言，对于通过全国50000多个报刊亭特殊营销该书的方法给予了认可、配合和肯定。此书的发行创造了一种独特的推广模式。11月7日是破纪录的一天，应当当网的要求，为读者提供签名本图书，我为5000本《孩子，别慌》签名，整整签了一天。

科学盛宴

日记 160：

生活需要创意。2012年10月9日，我出席中国科普作家协会第六次全国代表大会。此前在理事长会议上，我特别建议要请一流科学家和科普作家做名家论坛，此建议被采纳。10日，时任中国科普研究所所长的任福君主持科普名家论坛，叶永烈第一个讲演，随后是欧阳自远院士讲《嫦娥工程——中国人的探月梦》、林群院士讲《微积分生产线》、刘嘉麒院士讲《极地与海洋》。科学盛宴让人回味无穷。早餐时，我与叶永烈交谈，问其大学时代怎么会成为《十万个为什么》的主要作者，他说是得益于北京大学化学系广角式而非长焦式的学习方法。

感谢纪殿顺大夫

日记161：

疾病袭来往往是突然的。2012年9月4日，我正与同事谈工作，却总是莫名其妙地流泪。在同事的建议下，我去北大人民医院神经内科，李文娟大夫诊断为面瘫，马上输液，开7天疏血通注射液（疏通血液）和14天打腺苷钴胺针药（营养神经），建议10天内不要针灸，3周内不要出差。诗人高洪波闻讯后，马上介绍北京某社区医院的中医纪殿顺大夫。13日见纪大夫，他与我聊天时，就像撒种子一样，轻松地把15根针扎进我的头部和右腿。问及效果，他笑笑说："就看老天爷给不给脸了。"病友们都夸纪大夫水平高，说有的病人偏瘫多年，纪大夫妙手回春，那病人现在已经能走路了，等等。纪大夫说，银针虽小，但中医博大精深。中医面对活人，一人一个样。一位新中国成立前参加革命的老军人问纪大夫怎么挂号，纪大夫说："您革命有功，来这里看病免费，全免！"他一边为病人扎针，一边夸高洪波的《醉界》，说醉针是最高境界，用针如用药，也如用兵，排兵布阵很有讲究。经过一个多月的针灸，我的面瘫及带状疱疹基本痊愈，纪大夫还要我继续扎一段时间，以稳固疗效。我听一个大夫问纪大夫为什么每天早早来上班，纪大夫回答："我扎人心切。"他还忠告病友们，心理按摩胜过生理按摩，语言按摩最重要。高洪波说，纪大夫是文学人物，而他自己却不知道。

好好做父亲

日记 162：

2012年11月8日晚上6点半，在北京西郊宾馆，我与积极心理学创始人马丁·塞利格曼见面，然后一起出席中国积极心理学协会（筹）揭牌仪式暨《持续的幸福》首发式。塞利格曼一头白发，有些谢顶，中等个子，看人目光敏锐，显出倔犟的性格，穿深色西服、天蓝色衬衣，打银灰色领带。我应邀致辞，认为应试教育让太多孩子倍感失败，非常需要积极心理学，我已经成为推广者。然后是塞利格曼的讲演。他讲演仅十几分钟，主要讲了幸福人生五要素，然后就请大家提问。在会议结束合影时，塞利格曼过来和我握手，说："您刚才的演讲非常精彩，其中谈到的中国青少年的教育问题与积极心理学的关系，令我印象深刻。"湛庐负责人韩焱为我们做了翻译。

日记 163：

写过《拯救男孩》和《拯救女孩》之后，我就一直想写一本关于父爱的书，因为男孩女孩的成长与父爱密切相关，这一重要因素却被长期忽视。2012年12月，我与李文道博士合著的《好好做父亲》由中信出版社出版，荣获"大众喜爱的50本书"和全国优秀畅销书奖等一系列荣誉，并被译成韩文，在韩国出版。2019年8月，《好好做父亲》升级版在北师大出版社出版。

《习惯决定孩子一生》

日记164：

应时任中国科普作家协会理事长的刘嘉麒院士邀请，我担任了两届副理事长。2013年4月26日，我建议将中美日韩高中生比较研究主题由网络素养改为科学素养，并且延伸到初中和小学，同时出2014年蓝皮书。这是中国青少年研究中心历史上第一次研究科学素养问题。5月16日上午，"我的中国梦——全国科普作家进校园公益活动"在日照市北京路中学举行。我主持启动仪式，请刘嘉麒院士做题为《极地与海洋》的科普报告。此行还有中科院空间中心研究员、时任中国载人航天工程应用系统总指挥的张厚英，科幻电影《霹雳贝贝》等影视作品的编剧张之路，科普作家霞子等，9场科普报告深受欢迎。日照市委书记和市长都来表示支持和感谢。《光明日报》和中国教育电视台等媒体纷纷报道此次活动。

日记165：

2013年8月7日，我的《习惯决定孩子一生》在北师大出版社开印。这是《习惯决定孩子命运》一书的升级版，被《中国教育报》评为"2013年教师喜爱的100本书"之一，并再次荣获全国优秀畅销书奖。2014年1月，《五个好习惯》丛书出版。应84岁的顾明远先生邀请，9月28日，我去北师大参加大中华青少年阅读文库项目编委会首次会议。顾先生说："我完全赞同你关于'习惯决定孩子一生'的观点。我们从小养成洗手、节约等习惯，逐渐地成为一种信念，终生受益。"

二级研究员

日记166：

我一直对中国青少年研究中心怀有感恩之心，因为它给予我施展才华的最佳平台，也是我梦想成真的地方。虽然科研成果颇多，但作为低学历的研究人员，我内心深处更渴望被承认。2013年9月4日上午，中国青少年研究中心举行专技岗定级评审会议，这是中心第一次对科研人员的水平进行清晰定位。在正高评审中，我被11个评委全票评为正高二级，这是中心唯一一个名额。

日记167：

2013年12月4日，我访问北京市十一学校，与李希贵校长长谈。关于4年来发生的巨变，李校长谈如下主要思想："一是4000名学生每人一张课表，分层教学，数学等科目可以分到6级，学生可以选适合自己的等级。学生也可以选择体育课，如某学期专门学网球或篮球。二是取消班主任制度，改为导师制，十几个学生一个导师。取消班主任后，德育处也没了，人人做思想工作，德育加强了。三是取消统一的运动会，改为体育季、戏剧季等。四是每个年级设立违纪督查小组，由老师和学生组成，对于违纪的学生谈话核查，选择适当的规章制度处罚。五是以上思路就是中学生要对自己负责，让心里的发动机转起来。因此，中学校园比大学还自由，又比大学抓得细致。作为校长，就是要激发出各个环节的领导力。"

孔雀飞上我的阳台

日记 168：

"君子成人之美"，这句话付诸实践才是真美。1993 年 2 月 2 日的日记记录了有关韩姑娘的故事。韩姑娘自这一天起结束在我家的服务工作，春节前，她已去《农家女》杂志社上班。韩姑娘来自安徽农村，她来我家帮助做服务工作，一直尽心尽力。我发现高中毕业的她特别喜欢读书和写作，请她帮助我整理资料和稿件。因为《农家女》主编谢丽华经常向我约稿，我说："要编好《农家女》，怎么能没有农家女参与呢？"于是我就推荐韩姑娘去应聘，结果韩姑娘顺利被录取了，后来还成为有所作为的年轻编辑。这件事情想起来就开心，可谓"送人玫瑰，手有余香"。

日记 169：

2014 年 1 月 5 日，我收到 8 岁的小诗人铁头写的《有一位孙爷爷》，描述我在东莞见到孔雀的故事。这的确是奇遇，铁头写道：

有一位孙爷爷，去东莞出差。清晨，一只孔雀落到阳台，像在家里一样走去又走来。我说："孔雀来了，说明你比较幸运，但最幸运的是看到孔雀开屏，所以你的幸运还没有到家。"几天后，这位孙爷爷告诉我，他在园区散步，真的见到了孔雀开屏。这种感觉太神奇了，这回我心服口服。天下还真有人走大运，幸运至极。请你们记住，这位孙爷爷，不是孙悟空，他的名字叫孙云晓。

我非常喜欢这首诗，说这是 2014 年我收到的最好的新年礼物。

乡土教材《善的教育》

日记 170：

2014年4月12日上午，我在浙江嘉善县政府参加"知行合一"善的教育座谈会。最开心的是，我主编的《善的教育》由浙江文艺出版社出版，已经列入该县四年级小学生的乡土教材，每年20课时授课，课本循环使用。多个学校反馈，教材非常受欢迎，是离师生们生活最近也最美的教材。

日记 171：

2014年5月5日，团中央组织部负责人来中国青少年研究中心宣布了新班子任命名单。团中央书记处任命我为党组副书记（正局级）、副主任，而由较年轻的中国青年政治学院副院长王义军担任主任。11月26日，我参加中国少先队工作学会换届大会，继续当选副会长兼少年儿童研究专业委员会主任。在职场生涯即将结束的时候，我希望做一些有长远价值的项目。

新岗位与新使命

日记 172：

2014年6月30日，我出席中国家庭教育学会会员代表大会，再次当选常务理事。7月15日，收到中国教育学会副会长朱永新教授的短信，说中国教育学会家庭教育专业委员会（简称中教家委）要换届，他拟提名我为常务副理事长，并请我提出工作方案。10月9日，朱永新到访中国青少年研究中心，与王义军主任见面，达成合作共识。10月14日下午4点，我在江苏淮安参加中教家委第二届理事会和第三届理事会成立大会，当选为常务副理事长。15日出席第17届海峡两岸家庭教育学术研讨会。2015年1月5日，中国教育学会与中国青少年研究中心签订了战略合作协议。

日记 173：

作为长篇报告文学《青春社会场》的作者，2015年1月3日下午，我应邀去世贸天街时尚大厦大隐剧场，出席北京中学生通讯社（简称"学通社"）成立30周年庆典，并且与孟晓云、杨菊芳等作家登台分享采访学通社的感受。我说，学通社为中学生的健康成长探索出一条路子或者说模式，给了中学生飞翔的翅膀。我对团市委书记表示，学通社是北京共青团创造的一个奇迹。主持庆典的许戈辉和骆新颇有激情，或许因为他们都是学通社的第一届记者。

最好的纪念

日记 174：

2014年9月21日下午，应上海社科院和上海市妇联的邀请，我在上海图书馆开设家庭教育讲座，谈平衡教育与习惯养成。课后，沈功玲陪我去华山医院，看望正在住院治疗的少先队教育家段镇。已经87岁的段镇戴着鼻饲，但头脑清晰，他说如今存在"重儿童、轻少年"的倾向。他还笑着说："要和、要柔。"10月15日19点30分，一代少先队教育家段镇与世长辞！

2021年5月，我为段镇老师写的长篇传记《解放孩子》修订版由浙江文艺出版社出版。也许，这是最好的纪念。

为段镇老师创作的长篇传记《解放孩子》

主持航天员王亚平的讲演

日记 175：

  2014年10月25日上午，我出席中国科普作家协会年会，主持科普与中国梦高层论坛，请航天员王亚平等人讲演。我修改了主持词，把王亚平称为中国第一个在太空授课的科普老师。王亚平本来讲完即走，我还是留住她，请她回答网友的一个问题，即她如何继续进行科普方面的工作。王亚平详细谈了自己的情况与设想，确定将科普作为自己服务社会的一个重要使命。她讲演超时了，我还是希望她多讲，说刚才是太空时间，现在回到地球时间。关于王亚平，我在微博连发了3条教育感悟。2015年六一儿童节，我出席第6次全国少代会期间，又与另一位航天员刘洋在一个组，我们有一些交流，并合影留念。

2015年，与航天员刘洋合影

第十八章
退休依然是黄金时代

当42年的职场生活结束的那一天终于到来，如巨浪袭来，我感觉到时间的残酷无情，但退休生活的实际体验让我看到了一个令人心动的新世界。前所未有的自由感、从容淡定的心态、探索未知的欲望，让我明白，无论是文学梦还是教育梦都没有结束，而是一个新的开始。

最后一次述职

日记 176：

2015年1月13日，我最后一次参加中国青少年研究中心局级干部民主生活会。在我发言之后，王义军主任说："孙云晓的影响力是青少年研究中心影响力的重要部分，学者之珍贵在于自由，孙云晓的管理与自由有些矛盾。"刘俊彦常务副主任则说："孙云晓为中国青少年研究会争取100万赞助，自己未取分文，行政管理欠功夫的缺点，因为退休，也不用改了。"16日参加最后一次中心述职，我说："在中心工作24年，我深知建立覆盖全国的青少年调查系统和指标体系及数据库意义重大，是成为国家智库的必备条件之一。现在可以欣慰地报告大家，春节前，覆盖全国31个省和10个省两套抽样系统、10余万字的《中国青少年发展社会监测系统》初稿完成，这有可能为实施多项调研提供重要支持。"最后，我说自己已经做好了退休的准备。我的心中有两句话：永远不会忘记青研中心对自己的好，永远不会忘记自己是青研中心的人！第二天，我在微博谈及述职，说到"退休"二字，引起朋友关注。张之路说："只有成长。"殷健灵说："您的字典里没有'退休'二字。" 朱永新留言祝贺："宏图正展，激情不输少年；云晓不老，六十仍然青春。"

家庭教育首席专家

日记 177：

2015年1月19日上午，在杭州宝石山上，我与浙江文艺出版社郑重社长、王晓乐副总编辑以及岳海箐等编辑讨论我的教育文集出版构想。王晓乐说："一是每一本书如一棵树，有独立根基、主干、枝叶与花朵；二是书名应该体现平等视角；三是要有学术性，也要有通俗性。"我说："这套文集不是重新写作，而是将过去有价值的作品整理、修改和提升。5月8日，在西湖边，我们讨论书稿的具体设想，责任编辑做了具体分工。

日记 178：

42年的职业生涯宣告结束。2015年2月6日，中国青少年研究中心的同事们为我庆贺60岁生日，并且精心准备了蛋糕。这份真诚的友情让我感动。3月9日，中国青少年研究中心举行中层以上干部会议，正式宣布我退休，大家给予我的评价令我暖心。我最后交出的科研项目报告就是《中国青少年社会发展监测系统》。3月12日，中心党组开会，任命我为中国青少年研究中心家庭教育首席专家。我的《教育感悟》自2010年在《少年儿童研究》杂志陆续发表，共连载1260条。2018年2月9日，中国青少年研究会向我颁发"中国青少年研究事业突出贡献奖"。我写了一首小诗表达退休的心情："辞却昨日千枝红，繁花落尽一树青。人生百年归平淡，水流云在见真情。"

与疾病友好相处

日记 179：

2015 年 5 月 13 日至 14 日，我应邀出席国务院参事室主办的家庭教育现状及对策专家研讨会。我建议把本次会议形成的共识整理出来发表，加强教育行政部门对家庭教育的指导很有必要，但家庭教育学校化不是福音，而是灾难。促进家庭建设是国家安全的一大战略，也是家庭教育最重要的基础。这次会议纪要引起了国务院领导的重视，推动了教育部出台专门的家庭教育文件。7 月 23 日上午，我应张东燕之邀去教育部，讨论加强家庭教育指导的意见。

日记 180：

天有不测风云。2015 年 7 月 16 日，我在北京某医院检查时发现患有血液方面的一种恶性肿瘤。7 月 30 日，再次确诊为慢性淋巴白血病，由此开始了周期性的复查。其实，2013 年 4 月住院时已发现白细胞指标偏高，但当时并没有引起我的注意。我在 16 日写道："担心的事情终于来了，既来之则安之吧，拿出勇气，开始新的人生体验。"我随即申请辞去中教家委常务副理事长职务，朱永新鼓励我好好治疗，减轻我的工作量，但没有同意我的辞职。说来神奇，因为患病，我更加珍惜每一天，开始学会说"不"，与疾病和平相处的日子让内心更为舒展，生活更有质量。8 月 4 日上午，我应邀去民政部，出席留守儿童关爱服务政策创制研讨会，讨论关于留守儿童工作的意见。

中国家庭教育蓝皮书

日记181：

10月31日，中国教育学会主办的2015家庭教育国际论坛在广东中山隆重开幕，主题为"教育始于家庭"。作为论坛主持人，我请奈斯比特夫妇、王湛、诸富祥彦、杨雄、吴重涵等专家讲演。晚上是国际对话。朱永新与奈斯比特及其夫人多丽斯·奈斯比特对话第一场，我与韩国教育部前部长文龙麟教授对话第二场。11月6日，《中国教育报》两个整版介绍家庭教育国际论坛，其中以《赢得竞争要靠道德智能》为题，介绍了我与文龙麟的对话摘要。论坛产生了广泛的影响。

日记182：

2016年3月19日，我在清华附小CBD实验学校主持中国家庭教育蓝皮书编委会暨专家论证会。朱永新、谢维和、赵忠心、傅国亮等出席。朱永新提出了新的框架设想，要求汇集本年度最重要的家庭教育研究成果；谢维和认为蓝皮书应该有基本判断、核心数据和研究基础；赵忠心认为要用学术语言而非新闻语言；傅国亮认为要有专业性、思想性、代表性、权威性和资料性。《中国家庭教育蓝皮书（2015）》于2016年10月由教育科学出版社出版，2017年10月出版《中国家庭教育蓝皮书（2016）》。自2018年起，改由湖南教育出版社出版。作为主编，面对沉甸甸的成果，我倍感欣慰。

《孙云晓教育研究前沿书系》

日记 183：

家庭教育指导服务需要专业化。2016 年 4 月 26 日，我主持了家庭教育指导者专业化状况调查报告专家论证会，我和关颖为课题组组长。赵忠心、傅国亮、关颖、霍雨佳、晏红、李文道等专家出席论证会，并分别承担了相关的研究任务。6 月 29 日下午，我和蓝玫副秘书长应约到教育部基教司向一位副司长汇报该课题成果，全国妇联也对此研究报告表示了肯定。该报告收入《中国家庭教育蓝皮书 2015》，2016 年由教育科学出版社出版。

日记 184：

经过 20 余年的积累和 1 年多的整理与修改，《孙云晓教育研究前沿书系》于 2016 年 5 月至 6 月在浙江文艺出版社出版。这 6 本书是我较有代表性的教育专著，包括《习惯养成有方法》《亲子关系——决定孩子一生幸福的密码》《五元家教法——好父母的必修课》《发现童年的秘密》《成功智力——比智商更重要的潜能》《孩子，你有无限可能》等。60 岁的梦想在 61 岁得以实现，这是我多年从事教育研究的重要收获。出版社向新教育 2016 年会（诸城）与会代表赠 1800 册《习惯养成有方法》。2017 年 6 月 1 日起，中国网连续 21 天朗读我的《五元家教法——好父母的必修课》。《孙云晓教育研究前沿书系》荣获"2018 年度家庭教育影响力图书 TOP 榜 家长育儿育己影响力图书（综合养育类）"。

《这样爱你刚刚好》获奖

日记 185：

我的书斋之名源自盘山。2016 年 6 月 11 日上午，我乘缆车登盘山。当日天气晴朗，比昨日更能显出盘山水、石、松之魅力。乘第二段缆车至主峰挂月峰，见瀑布飞流直下。在峭壁下，我发现了"云根"两个大字。我如遭了电击一般，浑身一颤，这不是天赐禅意与我吗？我决定以此命名自己的书斋——云根斋！我把所思所悟融入一首小诗："我是一片云，云高却有根。根在深山溪，溪边草茵茵。"

日记 186：

2016 年 8 月 26 日，我应邀去民进中央，与朱永新教授和湖南教育出版社总经理黄步高等谈合作。2017 年 10 月，200 万字的新父母教材《这样爱你刚刚好》（20 册）由湖南教育出版社出版，我和朱永新担任主编。我的贡献之一是组建了专业的作者团队，邀请中国青少年研究中心家庭教育研究所和少年儿童研究所、上海师范大学学前教育系参与编写。因为审稿太多，经北大人民医院吴夕大夫诊断，我患上了旋转性复视。经过服药和针灸等一系列治疗，我才康复。该教材荣获第七届中华优秀出版物奖，被全国妇联评选为全国 100 种优质家庭教育指导读物。2018 年 8 月 23 日签约，该丛书 0—12 岁部分以西班牙语输出阿根廷、委内瑞拉等 6 国，服务拉丁美洲的教育文化产业。

特聘教授

日记 187：

我与首都师范大学有缘，早在 20 世纪 90 年代，我就应吴继路教授邀请，做过少年报告文学讲座。2016 年 10 月 23 日，我参加首师大家庭教育研究中心成立大会，宫辉力校长向我颁发聘书，聘请我为首都师范大学家庭教育研究中心特聘教授。我随即主持"超越个体经验的家庭教育研究"高层论坛第一专题，请朱永新、郑新蓉、芦咏莉、陈学锋等专家讲演。我的发言 10 月 31 日在《中国教育报》中教评论版发表，题为《我们需要新家庭教育观》。自 2018 年开始，我担任了首师大家庭教育专业的研究生导师。

日记 188：

2016 年 10 月 29 日，我在广东中山出席中国教育学会主办的第二届家庭教育国际论坛，主题为"与孩子一起成长"，2000 多人出席。28 日晚，我与 72 岁的剑桥大学教授麦克法兰、正面管教创始人之女玛丽·尼尔森等人交流。我问麦克法兰，如何看待 BBC 关于中英学生比较的专题片。他说英国教育有三个优点，一是教学生学会思考，二是理论联系实际，三是承担起社会责任。他对中国教育评价很高，说中国教育给人的发展机会多。金发的玛丽·尼尔森活力四射，我问她是否认同母亲的方法，她说年龄越大越认同。联合国儿童基金会、芬兰驻中国大使馆均派代表参与论坛并发言。

梦想是成长的发动机

出席海峡两岸第 18 届家庭教育学术研讨会

日记 189：

2016 年 11 月 10 日上午飞台北，随即赴嘉义大学，出席海峡两岸第 18 届家庭教育学术研讨会，也是新一届中教家委首次参与主办。此次参会的大陆代表有 23 人。海峡两岸家庭教育学术研讨会始于 1998 年，是嘉义大学的前身，即嘉义师范学院倡导举办。第一和第二届在台北举办，曾经在苏州、潍坊、广州（2 次）、长春、淮安等地举办。11 日上午，在嘉义大学图书馆，出席"学习——压力：从跨领域观点探之学术"研讨会开幕式，我代表中教家委致辞。中午 11 点 10 分至 12 点 10 分，研讨会分为四个分论坛同时举行。我在 C 组做 30 分钟发言，谈《童年恐慌呼唤捍卫童年》。闭幕式上，我激情致辞，邀请台湾同仁 2018 年在我的家乡青岛举办海峡两岸第 19 届家庭教育学术研讨会！

日记 190：

2016 年 11 月 30 日，我出席中国作家协会第九届代表大会，听习近平总书记讲话。12 月 1 日会后，我与方卫平、薛卫民、王勇英、汤汤等合影。见铁凝主席路过，我随即请她过来与儿童文学作家合影，她欣然接受，还表示荣幸。

第十九章
亲情友情故乡情

在北京生活了 40 多年，我爱上了这座古老而传奇的都城，但我对家乡青岛的怀念之情从未消散，因为那里是我出生的地方，那里有我的童年与青春，那里有我的亲人和挚友。每次回家乡，我都有一种深深的陶醉感。

第十九章　亲情友情故乡情

陪父母游览南方

日记191：

尽孝应趁早。我自1978年离开家乡青岛，很少有时间陪伴父母。2000年6月11日，我请假回家乡青岛，接上年过七旬的父母飞杭州，还有照顾老人的嫂子同行。父母和嫂子都是第一次乘坐飞机，也是母亲和嫂子第一次到南方，都非常开心。我们先后游览了杭州、绍兴、千岛湖、宁波溪口、苏州、上海等地，父母一路上都兴致勃勃，9天的游览中拍摄了许多难忘的瞬间。后来许多年，父母都怀念那9天的快乐时光，而我也觉得这是我最值得的事情。我非常感谢在旅途中给予我们热情关照的朋友们。

与父母和哥哥妹妹的合影

梦想是成长的发动机

为老父母改善住房

日记 192：

居京 40 多年，难忘故乡情。2001 年 1 月 16 日，山东卫视在《天南地北山东人》节目播出对我的 20 分钟专访，使我仿佛回到故乡。2003 年 6 月 26 日，开始为山东电视台录制 365 集的系列短视频《孙云晓成长谭》，至 2004 年 5 月全部录制完成并陆续播出。节目很受欢迎，2004 年 8 月开始重播。2005 年 12 月 17 日，山东卫视《天下父母》节目播出对我的访谈，题为《孙云晓：关爱青春》。2006 年 12 月 15 日，《半岛都市报》以《孙云晓给孩子一片"野地"》为题，整版介绍我的教育思考。2016 年，青岛电视台《才智访谈》约我做了两期节目。2020 年 10 月，《天下青岛人》节目中播出对我的采访。

日记 193：

2006 年最开心之事，是为老父母改善了住房，从工业区简易的拆迁房迁居至离海滨较近且宽敞明亮的楼房。春节时，我们一家三口想要帮助父母换房，并与哥哥做出具体计划，至 6 月 4 日，侄女代我们正式签订购房合同，17 日交清房款，拿到钥匙。令人感动的是，侄女和侄女婿将机关分配的市区房子让给父母先住，随后哥哥一家也以置换的方式，在父母新房附近购买了楼房，便于照顾老人。9 月 27 日，老父母迁入新居好开心，因为两居室都朝阳，老父亲养的花更美了。

第十九章　亲情友情故乡情

梦里追你天涯泪

日记 194：

我的怀旧可能始于 50 岁。2005 年 2 月，我回家乡青岛过年，突然特别思念小学同学。虽然还是住在同一个小区，但因为从平房改为楼房，找人变得困难起来。经过打听，我找到了小学的"学霸"王慧秋、外语高手栾福春、体育明星鞠世平等同学的家。我还到小学时担任红小兵团团长的辛秀英同学家赴宴。刘静洁是我的邻居，也是我的幼儿园同学。她回忆说，有一次，阿姨带我们玩"请你跟我这样做"的游戏，我却一个人蹲在地下自己玩，结果被阿姨单独辅导。鞠世平则提到，我小学时口吃话少，常常是独往独来。栾福春回忆道，小学毕业前，我约他和张忠春三人赛诗，每个人都写了好几首。13 日晚，我请初中班主任和同学聚餐。那几天与家乡朋友聚会甚多，我吟诗一首："昨夜相会，酒不醉人人自醉。只因相思苦，白发如雪飞，梦里追你天涯泪。而今执手望，青春有几回？叹游子，二十七年茶未凉，乡情如山，爱心似水。"

日记 195：

家乡的邀请总是优先安排。应青岛电视台民生节目组邀请，2009 年 1 月 22 日和 23 日，我录制了 16 期《民生开讲》视频课，每期 25 分钟。《民生开讲》于 2 月 20 日开播，很受欢迎，之后便又录了 16 集。感谢青岛出版社谢蔚主任的厚爱，将这些讲课的内容整理出书，书名为《好方法教出好孩子》，2010 年 10 月由青岛出版社出版。

梦想是成长的发动机

我的幼年经历

日记 196：

  谁都想知道自己出生与童年的经历。2014 年 1 月 28 日在家乡青岛，我与 85 岁的老父亲聊天，他说我是在青岛西吴家村 390 号出生的，产婆还没有进门，娘就把我生出来了，足足 8 斤重。他从外边捡了一个火油木箱，加工一下，就把我放进去。有一天，娘正在做午饭，突然发现我不见了，原来我踢破了木箱，出去玩了。1960 年阴历七月，父亲正在农村帮助农民劳动，工厂通知他去医院。他带五斤火烧赶到山大医院，娘病重得已经无法说话，只是摇摇头。父亲赶快回家，让三个孩子（9 岁的哥哥、5 岁的我、8 个月的妹妹）吃饭，再返回医院时，29 岁的娘已经进入太平间了。娘去世，家里极为困难。父亲五级工，62 元工资养全家。工厂送来 70 元补助，才过了年，并且照顾我入幼儿园，妹妹入托儿所。我和妹妹花父亲一半工资仅够吃饭，余款由工厂补助。1962 年继母来了，家庭生活才逐渐好了起来。

日记 197：

  从开博客到开微信都是因为女儿。2014 年 4 月 14 日上午，我去北京大学政府管理学院，参加"科技前沿与创新驱动"专题班，这是中共中央组织部组织的司局级干部选修班。途中，因为惦记在国外工作的女儿，我希望能看到女儿的图文信息，期盼与她视频聊天，便开通了个人微信。没想到，从此以后，微信成为了我非常喜欢的信息交流平台。

第十九章　亲情友情故乡情

帆船少年

日记 198：

　　2015 年 5 月 3 日在青岛，在老朋友刘玉兰老师陪同下，我与青岛帆船教练黄鸣相会，随后黄教练的儿子黄泽骏也来了，当时的他还是市南区实验小学六年级的学生。大家言笑晏晏，帆船运动成为主要话题。下午，在黄教练的安排下，我们乘橡皮艇在海上穿梭，近距离观赏国际帆船比赛。第一次体验与观赏，我的精神极度亢奋。黄泽骏潇洒地坐在船头，下船时熟练地帮我们系缆绳，给我留下了一个海上少年的形象。

2015 年冬季在家乡青岛喂海鸥

梦想是成长的发动机

听崂山道长讲《道德经》

日记 199：

2015 年 5 月 25 日，利用来烟台讲课的机会，我回到继母的家乡——芝罘区黄务乡南车门村，一个公路边的普通村庄。循着门牌号码，我直接进了班子姐的家，见到了依然驼背的表姐。表姐夫 74 岁，说之前因为地主出身受老罪了，但现在生活的确好多了。表姐说感谢共产党和村长，村里为每个村民交 6 万元办了社保，如今她每月领 1000 多元，姐夫领 1500 多元，医疗费报销 80%。表姐回忆，我 4 岁、8 岁、12 岁时来过这里，这次来与上一次已经间隔 48 年！我去村里转了一圈，找到了童年住过的院子，进去见了大舅的二儿子郝金昌表哥。小时候四个舅舅四家人同居此院，觉得院子很大，如今表哥独居，却感觉此院小了许多。

日记 200：

2015 年 7 月 28 日上午，在朋友刘燕君的陪同下，我去崂山太清宫拜访高明见道长。修道 15 载的高道长，小个子，清瘦，长胡子，穿着蓝色道袍。他先陪我们参观成吉思汗给丘处机的密令、蒲松龄住过的房屋等等。因为酷爱《道德经》，我向道长求教。道长的主要观点有三：一是佛教在觉，道教在理。如老子三宝乃道教精华，慈比爱高，俭比奢强，让比争智。老子说光而不耀，不争、无为都是大智慧。二是人要知足，也要知止，适可而止不可贪。三是生死齐一。生是为了死，死是为了生，物质不灭，能量守恒。生死坦然，有思想的人更是精神不灭。

50年后再见女班长

日记201：

2015年12月，我飞回青岛看望住院的父亲，随后去衡阳讲课。22日，我在雨雾中登上南岳衡山祝融峰。由此，我已经实现走遍三山五岳的目标。可惜雾大雨密，难以观赏远景，只能感受特殊的南岳之秀，吟一首小诗留念："云海雨幕南岳峰，梵水洗心拜祝融。神仙问我何所愿，父母康寿不老松。"11月25日，我为父母聘请24小时住家保姆，母亲由疑虑到满意，逐渐习惯了儿女看望、保姆陪伴、居家养老的生活。

日记202：

50多年前我读小学时，有一次，女班长来家访。那天她穿着白衬衣、花裙子，她没有和我父母告状，只是友善地提醒我要按时完成作业——那是我第一次对女孩产生好感，后来还写出回忆散文。2018年4月3日上午，在青岛府新大厦茗悦堂，我与阔别半个世纪之久的女班长面对面长谈2小时。她说自己学习成绩好，小学一直当班长，还参加了合唱团和鼓号队。但是，由于出身问题，十年动乱中，她历经坎坷。没想到，她与我同在青岛第十六中学读初中，却从未交流过。毕业后，她去了自行车厂，直至退休。我谈了10岁时的美好记忆，问她是否记得。她摇摇头，说没有什么印象。那一刻，我有一种梦碎的感觉。2019年8月20日，我再次返回家乡，出席青岛鞍山路小学毕业50年同学聚会。31人出席，戴上红领巾，激情澎湃。

爱满甲子哀思长

日记 203：

2016年2月1日下午2点，我抵达青岛，侄女欣欣开车来接我至父母家。最为惊喜的是，因病卧床多日的老父亲竟然来为我开门，原来整个中午他都没有睡觉，一直在等我。晚餐时，老父亲知道我带茅台和五粮液来了，要喝五粮液。我与哥哥陪他，他居然喝了将近两杯，而平时一杯也喝不下。老母亲在一旁看着，格外高兴。2月8日举行特殊的家庭生日宴，因为父亲87周岁（阴历）生日和我61周岁（阳历）生日重合在一天，有生以来第一次。

日记 204：

2017年是我回家乡青岛次数较多的一年，因为89岁的老父亲病重，令人担忧。8月，父亲已经七八天不能下床了，我30日中午回家午餐，父亲竟然下床，还与我喝了两杯啤酒。饭后即叫120来车，送父亲去青岛大学附属医院住院。9月3日，病情略有好转，父亲便闹着出院了。5日，女儿再次请我到东京看医生。22日晚上大雨，我们居然在雨中迷路了。晚上9点，我收到哥哥短信，说父亲晚上8点半在睡眠中安然去世，我如遭晴天霹雳。我们第二天即从大阪飞回青岛，送别辛劳一生的慈父。归途中，一首小诗涌上心头："霹雳一声报父丧，天旋地转飞欲狂。秋雨绵绵都是泪，爱满甲子哀思长。"

第十九章　亲情友情故乡情

梦中为小外孙画像

日记205：

2017年2月13日上午，我乘车行34千米，抵达昌平北七家镇北京洋房，拜访诗人书法家钱光培老师。我们的友谊始于30年前，我送上《16岁的思索》和《青春阶梯》，因为两本书里有30年前分别写其两个女儿钱芳和钱兮的报告文学，可谓缘分深矣。随后谈起稼轩词，78岁的钱老师也很喜欢《鹧鸪天》，评价道："满满的君子之风，句句用典，却很口语化。"我之所以请钱老师书写稼轩此词，是因为退休生活的体验，使我更加渴望那种天人合一的境界。

日记206：

2020年我们家最大的喜讯来了！11月22日零点，小外孙在上海宋庆龄基金会国际妇婴医院出生，母子平安！满38周顺产出生，3055克，出生3小时吃上母乳。诗人高洪波建议取名雪丫。我告诉他是男孩，他改为雪豹或雪松，小名小松。他后又赋诗："雪松雪豹皆是爱，唯盼外孙长成材。小雪临世真天意，从此孙家乐开怀。"此前一直是夫人陪伴女儿，我11月28日抵沪看望外孙，最神奇的是，外孙在我的怀里能够安睡一小时。小外孙一岁前基本上一个季度来北京住一个月，我既享受含饴弄孙的快乐，这也成为我观察婴儿成长的良机，写下了多篇生活感悟。如《梦中为小外孙画像》写道："无限好奇千般乐，一心玩耍百样疯。男孩好似孙大圣，一岁便能闹天宫。"

梦想是成长的发动机

● 人生回眸之八

无字家规

1960年,那是一个饥饿的年份。

一天夜里,一个5岁的男孩饿醒了,他一骨碌爬起来,匆匆走进厨房,在高粱秸编成的筐里找吃的。忽然,一个散发着麦香的白面馒头出现在他眼前。平日里,玉米面窝头和红薯都不够吃,这个白面馒头对他充满了诱惑。他眼睛一亮,一把抓过来,飞快地咬了一口。但是,也只咬了那一口,他就把馒头慢慢地放下了。因为他想起来了,那个白面馒头是留给妹妹吃的。妹妹只有一岁多,她吃不下玉米面窝头,全家唯一的白面馒头是留给她的。

那个男孩就是我。

这个故事是87岁的老父亲讲给我听的,他说他亲眼看见了我拿起馒头又放下,最后拿走了一个窝头。我对此毫无记忆,但我可以肯定,5岁的我没有什么舍己为人的高尚品质,只是心疼妹妹。她那么小,经常哭,可能也是饿的吧?我是哥哥,应该照顾妹妹。

我的家乡在山东青岛,高山大海虽然美丽,却改变不了人们艰苦的生活。我的童年有两大苦难,一是失去母亲,二是饥饿难忍。20世纪60年代,不少家庭都生活拮据。5岁的我在幼儿园里,最深的记忆居然是爬到槐树上撸树叶子吃。在那些困难的日子里,家里几乎没有馒头和米饭吃,更不要说吃肉了,喝的粥也很稀,米粒清晰可数。我最难忘的记忆是,我和哥哥不管谁去盛粥,都会先盛出一碗米较多的,

第十九章 亲情友情故乡情

放在锅台上，那是留给娘吃的。自从生了妹妹之后，娘一直在生病，非常需要营养，我和哥哥都懂得要孝敬娘和照顾妹妹。可是，被病痛和饥饿折磨的娘最终还是离开了我们，年仅29岁！娘来自老家农村，本来没有名字，近乎文盲的父亲却为她起了一个颇有诗意的名字，叫赵爱领，可能是爱情领她到青岛的意思吧。

年轻的娘病逝，留下1岁的妹妹、5岁的我和9岁的哥哥，靠30多岁的父亲一人艰难拉扯着。

两年后，继母来了，我们叫她妈。她是带着缝纫机来的，夜以继日地为全家做衣服，也为邻居们做衣服。从那个时候开始，我最熟悉的声音就是咔哒咔哒的缝纫机响。或许是因为给太多人家切实的帮助，或许是因为妈的脸上总是挂着微笑，我们家在那片工人宿舍里颇有人缘，使我们在饥饿的年代里也能感受到某些人性的温暖。我们明显地感觉到，日子一天天好起来，有饭吃，有衣服穿，还有了那个年代的家庭里不多见的自行车。

父母总是要求我们善待每一位亲戚朋友，包括左邻右舍。比如，从妈来的1962年开始，每年春节初一的上午，我和哥哥必定要去五个表哥表姐和邻居家及同学家拜年，即使我在外地，一般也要赶回来拜年，中午给父亲祝寿，父亲的生日恰好是大年初一。掐指算来，大拜年竟然坚持了半个多世纪！

日子就这样一天天过去，转眼我已经退休多年。40多年来，我一直在北京做少年儿童教育和研究工作，而我的心从来没有离开过家乡和家庭，更没有离开过父母。2014年8月，我特意赶回青岛，为老母亲举办90岁生日寿宴，四代36人出席。老母亲以50多年的日夜操劳证明，继母也有真情和大爱。当全家人在草坪上合影的时候，我看见老父母露出特别慈爱的微笑，每一个家人的眼中都充满了感动。

老父母虽然体弱多病，但始终相伴相守，直至老父亲89岁去世，老母亲98岁去世。在双亲生前，哥哥一家照顾父母，每次父母生病，都是他的女儿女婿跑前跑后联系医院。妹妹是青岛市的劳动模范，退休在家照顾老父母，更是我家的劳动模范，几乎天天回家，无微不至。说来我倍感惭愧，远离家乡，我照顾父母最少，只能多在经济方面支持。

许多熟悉我们家的人都感慨，这是一个有着良好家风的家庭。的确，孝敬父母、兄弟姐妹和睦、勤俭持家、友善对人，就是我们的家风。在我50年的教育生涯中，朋友众多，极少与人结怨或树敌，或许都受益于与人为善的宽厚家风。

老父母都是老工人，没上过几天学，文化水平低，但老父亲批评某个人不够文明的口头语是："他们那个地方圣人没到。"言外之意是，我们山东是孔孟之乡，自然应该讲文明。在我20多岁刚开始在政府机关工作时，父亲提醒说："牛马架子大有用，人架子大没用。"母亲对孩子从不打骂，总是耐心讲道理，令人心服口服。

我想，古有《颜氏家训》，今有《钱氏家训》，都是名门大户人家留下的治家格言，是中华民族有文字记载的珍贵财富。我们家没有写下来的家训，却有让人终身受益的淳朴家风。实际上，在社会生活中，普通百姓家口口相传的无字家规，更能够塑造千家万户的家风，激励一代代的子孙走向社会，走向未来。

第二十章
开启世界之旅

虽然在工作的时候出访过不少国家,尤其是学术交流弥足珍贵,但是,那时太过匆忙,留下太多遗憾。自由地选择路线,自由地结伴行走,成为我退休生活的一个梦想。

萨尔茨堡之巅

日记207：

2015年6月10日，赴法兰克福，开启奥、德、捷、匈、斯14日波西米亚深度游，对我而言是退休纪念之旅。11日上午游览纽伦堡，下午参观维尔茨堡主教宫、玛利亚要塞等名胜。12日在皮尔森游览后，去温泉古城卡罗维发利。据说，贝多芬、舒伯特、马克思等人都来此地休养过。13日参观布拉格山上的城堡，我最想参观的卡夫卡旧居，就在城堡一角的黄金巷22号。随后下山游览查理大桥，气势雄伟。桥的另一头就是热闹非凡的旧城广场。14日，去南波西米亚的迷人小镇克罗姆洛夫，1992年联合国授予其"世界文化和自然双重遗产"头衔。

日记208：

2015年6月17日在维也纳，游览有700年历史的哈布斯堡驻地、霍夫堡皇宫（冬宫）和美泉宫。印象最深的是奥地利首位女大公玛丽亚·特蕾莎。19日，冒雨游览湖畔最美小镇哈尔施塔特。随后前往电影《音乐之声》的拍摄地萨尔茨堡，并且参观了莫扎特的故居。20日，顶风冒雪登上了阿尔卑斯山3029米高的基兹特因霍恩冰川，此处号称萨尔茨堡之巅，可谓"雪野茫茫都不见，唯有寒气入骨来"。21日，由奥地利进入德国的巴伐利亚州，游览了极为精致的新天鹅堡，同时感受到德国式精细管理，每批游客只有5分钟的进入时间。22日在慕尼黑，游览宝马世界，参观市政厅和玛利亚广场，晚上飞北京。

梦想是成长的发动机

周游英国

日记 209：

2015年11月20日，再次赴日本看望女儿。女儿利用假日陪我们，22日在京都赏红叶，上午游京都南禅寺，下午游永观堂禅林寺。23日游岚山，随后游览宝严院赏彩叶，又去了日本最大的竹林，此行发现了岚山之丰富。24日女儿回东京上班，我们去奈良东大寺，没想到，到处是鹿在自由行走，与人和谐相处。我买了一包喂鹿的饼干，一群鹿便跟了上来，急得拿头拱我。最精彩的画面是鹿在金黄的银杏落叶上行走。下午，去鉴真大师的唐招提寺。与宏大而喧闹的东大寺相比，这里古朴清静、肃穆庄严。

日记 210：

第一次访问英国。2009年7月29日，经阿姆斯特丹飞抵苏格兰首府爱丁堡。30日游览孕育了华兹华斯等湖畔诗人的昆布兰湖区。31日游曼彻斯特，参观曼联总部。8月1日，冒着雨在斯特拉特福小镇访问莎士比亚故居，后参观英国最古老的大学牛津大学，晚上参观伊顿公学。2日上午参观剑桥大学，下午参观大英博物馆。3日，去西敏寺大教堂和格林威治天文台，参观特拉法尔加广场。4日，雨中游巴斯和巨石阵。5日，参观丘吉尔庄园，即布伦海姆宫，游白金汉宫和国家美术馆。6日，游温莎城堡。我感悟到：旅行就是在历史中行走，在文化中呼吸。

埃及之旅

日记 211：

2017年1月7日，经过约11个小时的飞行，于当地时间早晨5点半飞抵开罗，开始了期待多年的埃及之旅，下午即参观吉萨金字塔群及斯芬克斯狮身人面像。8日，飞埃及南端的城市阿斯旺，下午参观未完成的方尖碑，随后乘船去阿斯旺城南尼罗河中的菲莱小岛上，参观被称为"古埃及国王宝座上的明珠"的埃及古神庙群——菲拉神庙。晚上最开心，因为住在尼罗河上的游轮上，欣赏了黄昏尼罗河上的帆船与落日。9日，参观阿布辛贝勒神庙。这所神庙是古埃及新王国时代第十九王朝的拉美西斯二世所建，距今3300年历史。隔壁是拉美西斯二世为其王后纳菲尔塔丽所建的小神庙，这在古埃及是十分罕见的。晚上，我们夜游双神庙，即老鹰神霍洛斯和鳄鱼神索贝克的庙。最令人惊讶的是，这里的壁刻画里居然有男人生殖器和女人生孩子的画面。10日，乘马车去参观荷露斯神庙，神庙修建于公元前237年，主要供奉鹰头人身的天神荷露斯。11日上午，参观卢克索神庙和卡尔纳克神庙，后者是埃及最古老、规模最大的神庙。我们还看到了五千年前的游泳池。下午游览国王谷，即参观三个帝王陵。晚上抵达红海城市霍尔嘎达，入住白滩度假村。

走进撒哈拉大沙漠

日记 212：

　　2017 年 1 月 12 日，上午乘船出红海，下午乘阿拉伯人的吉普车进入撒哈拉大沙漠，也叫北非沙漠。最令我难忘的是去游牧民族贝都因人的部落。给我们开车的司机就是该部落的中年男子，我抓拍到他举起儿子欢叫的照片。14 日，冒着埃及难得的小雨去亚历山大，参观庞贝神柱、奎贝堡灯塔遗址、蒙塔扎皇家花园、亚历山大图书馆等景点。第一次看到地中海很开心。15 日上午，前往古埃及首都孟菲斯，参观了极为简易的孟菲斯博物馆，较为壮观的是阶梯金字塔沙卡拉墓地，这是第一个用石头修建金字塔的法老，名为昭赛尔，他开创了古王国时代。下午，参观埃及最大的清真寺。穆罕默德·阿里成为埃及国王（1805 年，埃及真正意义上从奥斯曼帝国的统治下独立出来，建立了阿里王朝。直至 1952 年纳赛尔的大革命）后，以其名字命名了这座清真寺，死后也葬于该清真寺。16 日返回北京。

在冰岛

日记 213：

多次游北欧，2018 年 8 月去峡湾和冰岛最难忘。12 日乘芬兰航空公司航班飞赫尔辛基，转机飞哥本哈根。13 日去瑞典第二大城市哥德堡。14 日上午参观沃尔沃汽车博物馆和哥德堡老城，下午去奥斯陆参观海盗博物馆和维格朗人体雕塑公园。15 日乘大巴车翻山越岭去峡湾小镇。16 日乘游轮游松恩峡湾。17 日经过哈当厄尔峡湾大桥，抵达挪威第二大城市卑尔根。18 日上午，从卑尔根飞雷克雅未克，傍晚去蓝湖泡温泉。19 日去辛格维利尔国家公园，参观令人震撼的黄金大瀑布。20 日去史卡法特国家公园，乘船在杰古沙龙湖里参观瓦特纳冰川，这也是世界第三大冰川。21 日上午去维克小镇，游黑沙滩，下午参观 50 米高的塞里雅兰大瀑布。

日记 214：

很奇怪，每次旅行，总感觉年轻了许多。2018 年 8 月 22 日从冰岛的雷克雅未克飞斯德哥尔摩，参观斯德哥尔摩市政厅和瓦萨沉船博物馆后继续乘船游览，晚上乘银河号游轮去芬兰的图尔库，巧遇老朋友刘秀英和先生齐红州，并且同船而行。23 日上午参观图尔库，下午乘船去童话般美丽的爱沙尼亚首都塔林，夜归赫尔辛基。24 日上午游览赫尔辛基的白教堂、红教堂，还有岩石大教堂，傍晚飞北京。

爱琴海夕阳

日记 215：

2017年6月29日，乘汉莎航班飞雅典。希腊、西班牙和葡萄牙三国游，几乎可以说是我最美好的一次旅行。我将旅途中的精彩之处概括为十点：一是米岛和圣岛的美，乘游艇欣赏爱琴海夕阳，美不胜收；二是雅典卫城；三是欣赏苏格拉底和柏拉图的雕像；四是欣赏高迪的巴塞罗那，参观了巴特洛之家和圣家族教堂；五是皇马主场；六是阿尔罕布拉宫；七是欣赏弗拉明戈歌舞；八是寻找哥伦布的遗迹；九是罗卡角；十是007系列小说与卡斯卡伊斯小镇。还参观了古罗马歌剧院、竞技场、葡萄牙埃博拉小镇的人骨教堂等。7月13日返京。

日记 216：

2019年第一次在日本体验新年。在东京商场意外发现，日本人迎接猪年的吉祥物是野猪的形象。1月2日上午去箱根，感受日本大学生"百公里接力"的传统长跑活动。4日去东京塔附近的庆应大学，寻访教育家福泽谕吉的遗迹。8日，《光明日报》发表我的长篇文章《父母的改变是培育新家风的关键》。2019年在《婚姻与家庭》杂志开设长达两年谈生活教育的专栏。

在贝加尔湖

日记 217：

2019年8月10日，参加贝加尔湖8日游旅行团，中午飞伊尔库茨克，即汉朝使节苏武牧羊的北海。11日，乘环湖小火车游览贝加尔湖70千米左右。我写道："走在西伯利亚的原野上，脚步一定要轻，因为地下埋葬着，几十万被流放者的幽灵。"12日，乘大巴车去贝加尔湖最大的奥利洪岛，并在岛上生活3天。第一次乘"小钢炮"越野车在岛上南北奔驰，在萨满岬观落日。15日，告别奥利洪岛，游览利斯特

俄罗斯英雄母亲的外孙女

维扬卡小镇。傍晚，去养育10个孩子的俄罗斯英雄母亲家做客。参观塔里茨民俗博物馆和贝加尔湖博物馆。16日中午，登切尔斯基山，因为玩得开心，竟然将背包落在山顶，里面有我们的护照和钱包！下山后发现问题，与导游苗小鹏乘缆车上山寻找，发现背包依然在那里。17日返程。

在中国驻日本大使馆举办讲座

日记218：

2019年12月7日下午，应中国驻日本大使馆领侨处邀请，詹总领事主持，为馆员们做家庭教育讲演，题为《幸福家教的三个秘诀》，反响热烈。这也是我第一次进入中国驻日本大使馆。12月19日，日本最大的华人报纸《东方新报》整版刊出《中国著名教育家孙云晓在日举行公益讲座，华人家长感叹胜读十年书》的长篇报道，包括我的文章《怎样让孩子拥有强大的成长动力》。2023年11月16日，应邀在中国驻日本大使馆为华人教师举行讲座。

第二十一章
让家庭教育回归与创造美好生活

家庭教育从哪里来？向哪里去？这是个问题。当家庭教育深深陷入知识化的误区，我发现太多的人走错了路，因为生活教育才是家庭教育的正道。其实，回归生活不过是回归常识，而我却做起了家庭生活教育之梦。

《新家庭教育宣言》

日记219：

2016年12月17日，在北京五洲皇冠国际酒店，出席中国教育三十人论坛第三届年会，主题是教育治理。这是我第一次参加该论坛，作为特约嘉宾发言。我发表了《新家庭教育宣言》，提出家校合作的方向不是让家庭变成学校，而是让家庭更像家庭，呼唤尊重家庭和保护家庭，呼吁让家庭教育回归与创造美好生活。这是我关于家庭教育的总体性反思。我的发言稿在12月29日《中国教育报》发表。论坛上，一头白发的诺贝尔奖获得者、剑桥大学教授詹姆斯·莫里斯谈如何培养创造力。他认为，创造力是人与生俱来的潜能，需要给学生自由思考与探索的空间。

日记220：

2017年1月5日上午，应国务院妇女儿童工作委员会办公室邀请，出席儿童工作智库成立及培训会议，被聘为129位智库专家之一。5月27日，在江苏昆山出席2017全国家校合作经验交流会，代表中教家委致辞并做专家发言，题为《家校合作推进新家庭教育》。

《狂野童年成就丰盛人生》

日记221：

2017年4月20日上午，首届新家庭教育文化节在长沙开幕。我应邀做25分钟的主旨讲演，题为《新家庭教育的十个基本观点初探》。周国平、刘铁芳、杨雄、边玉芳、李兆良、关颖、孙宏艳、卜卫、胡萍和朱永新等专家先后在主论坛发言。周国平讲得透彻："新教育其实也可能是很古老、很传统的教育，是指那些符合成长规律的教育。"晚八点半，在长沙音乐厅，欣赏首届新家庭教育文化节专场音乐会，邀请爱乐交响乐团和南雅中学乐团演出。最难忘的是指挥刘峥先生，他指挥全场唱《让我们荡起双桨》，现场高潮迭起。4月27日，《中国教育报》刊出首届新家庭教育文化节专版，包括我的讲演内容。7月29日，我的《新家庭教育新在哪里》一文在《光明日报》教育思想版头条发表。

日记222：

2017年3月，收到全国妇联颁发的荣誉证书，授予我全国维护妇女儿童权益先进个人荣誉称号。8月17日，根据疾病情况，选择了杨申森教授为新的主治医生，开始了新的复查与治疗方案。8月20日游北京植物园海棠园，得一小诗："今秋风雨重，海棠分外红。人生多少事，坎坷见英雄。"10月19日《中国教育报》家教周刊头条，发表我回忆童年的文章，题为《狂野童年成就丰盛人生》。

冬季到台北来看雨

日记223：

2017年10月28日上午，在北师大杭州中学，出席中国教育学会主办的2017家庭教育国际论坛。由于约定的企业赞助分文未到，这次论坛能否如期举办成为棘手的问题。感谢杭州市上城区教育局的鼎力支持，使本届论坛闯出一条没有赞助却同样精彩的新路，而中教家委从此延续了这一办会模式。11月2日，《中国教育报》家教周刊用三个整版介绍了本届论坛。

日记224：

应女儿之邀，2017年12月到台北看雨。7日飞抵台北，8日游览野柳地质公园。9日参观士林官邸，随后去东吴大学参观钱穆故居，下午去阳明山半山腰参观林语堂故居。10日去淡水参观红毛城和真理大学。11日参观台湾师范大学文学院及附近的梁实秋故居。12日游览云雾弥漫的阿里山。13日游日月潭。14日途中，惊悉台湾90岁诗人余光中去世。2017年第12期《青岛文学》，刊发了我的长篇回忆录《改变一生的文学梦》，分享了我如何在家乡走上文学之路，文学创作如何影响了我一生的发展。

五部长篇小说再版

日记225：

应韩国青少年政策研究院邀请，2018年3月4日飞首尔，出席网络时代父母与子女关系及健康状况研讨会，这也是中美日韩中小学生家庭教育比较研究的一个组成部分。中美日韩网络时代亲子关系比较研究课题由新教育研究院（国本家庭教育研究中心）和中国青少年研究中心合作进行，新航道家庭教育研究院也积极参与并承担了科研经费。作为课题负责人，我做了题为《网络时代是个性化发展的黄金时代》的发言，对主要数据与发现做了分析，阐述了一些观点。

日记226：

非常开心的一件事情，就是我的5部长篇教育文学作品的修订版陆续在浙江文艺出版社出版。17万字的《金猴小队》于2017年3月出版；《握手在16岁》于2018年4月出版，两个月即发行18000册；21.6万字的《少年探险家》于2019年7月出版；23万字的《孩子，抬起头》于2020年1月出版；30万字的《解放孩子》于2021年出版。这些作品经历20多年依然受欢迎，说明还是具有生命力的。中国教育新闻网推荐2020年暑假教师阅读书目，《孩子，抬起头》名列其中。

第一次带研究生

日记 227：

2018 年 7 月 16 日，与中央团校老同学结伴游青海湖，得诗之一："心向青海湖，白云跟我走。左手尽黄花，右手多牦牛。"17 日游览茶卡盐湖，再次经过青海湖，得诗之二："蓝天涌碧流，白云水中游。黄花灿如金，青草无尽头。"18 日参观塔尔寺。

日记 228：

2018 年 9 月 12 日去首师大，14 名导师和 14 名家庭教育专业方向的研究生见面。我开始担任研究生宿金金的导师，这也是我第一次正式带研究生。经过约 90 分钟的探讨，确定以隔代养育为研究专题，而我要求学生尽快投入研究，以成果带动发展。经过设计访谈提纲等准备工作，10 月 19 日我带她开始系列访谈。我们合写的文章《新时代培养青少年奋斗精神的三个关键词：志向、习惯、榜样》，在 2019 年 3 月《人民教育》杂志发表，"学习强国"平台 3 月 28 日推荐。隔代养育系列访谈在《中华家教》杂志连载 4 期。2020 年 5 月 14 日出席研究生毕业论文答辩会。宿金金的《城市隔代教养中祖辈与父辈代际冲突研究》获得通过。此前，她还因为成果突出获得国家奖学金。毕业后，经过我的推荐，宿金金成为北京的一名小学教师。

海峡两岸家庭教育学术研讨会

日记229：

2018年9月15日上午，第十九届海峡两岸家庭教育学术研讨会在青岛二中开幕。国务院妇儿工委办公室常务副主任王卫国、中国教育学会副秘书长高书国、台湾嘉义大学教授曾迎新等致辞，中教家委理事长朱永新、青岛妇联主席刘青华等做主旨发言。下午四个分论坛同时举行。14日我陪同台湾代表参观崂山，请一位海归道长讲解。9月20日，《中国教育报》用两个版介绍海峡两岸研讨会成果，其中发表了我的文章《父母失职可能导致三代人的悲剧》。为了感谢青岛二中的支持，11月11日，我出席该校第三届家庭教育论坛，做90分钟主旨讲演，主题为《父亲的特殊优势与重要责任》。

日记230：

2018年9月18日上午，与1976年的知识青年带队干部重返招远毕郭镇，李承明、王美正、郑方礼、夏自良、王秀英、吴勇杰、赵琪和、秦观祥等参加。我们走过一个个生活过的村庄，与许多老村民相见，旧地重游，感慨万千，唯有亲情一片。9月24日中午，在青岛蓝海颐海花园酒店为母亲庆贺94岁生日，四代30余人参加。10月23日游颐和园，得诗一首："一生谁无辉煌时，万千磨难几人知。繁花落尽归平淡，风霜雨雪皆成诗。"

中美日韩网络时代
亲子关系的变化对比研究报告

日记 231：

2018 年 10 月 27 日上午，家庭教育学术年会（原为国际论坛）在苏州举行，1200 多人与会。特别震撼的是苏州 10 个区县和 100 所中小学的家庭教育展出。朱永新和胡金波做主旨发言，我发布中美日韩网络时代亲子关系的变化对比研究报告，该报告在当天的《光明日报》整版报道。日本的村上徹也、美国的张桂莉等先后发言。下午，我主持国际比较分论坛，与各位专家交流，收获极大。四国研究者还是第一次聚会于盛大的学术会议进行交流。10 月 30 日，《中国青年报》青年调查版整版介绍中美日韩网络时代亲子关系的变化对比研究报告。11 月 1 日，《中国教育报》用三个版介绍本届家庭教育学术年会。其中有我的文章，题为《新家风追求"利在天下"》。

日记 232：

我一直忘不了上海闵行区华坪小学，因为这是我创作长篇小说《金猴小队》的原型学校。2018 年 11 月 26 日，应邀出席该校 60 周年校庆活动。小说中的一号男孩胡凯南因为出国，以视频方式发表感言。上海市少先队名誉总辅导员沈功玲激情发言。一群小学生演出《金猴小队》，剧情很有趣。郭西薇老校长、原辅导员张卫红都来出席校庆活动。

国际儿童读物联盟首任中国主席的评说

日记233：

2018年12月8日，在深圳出席"教育的未来——家校合作培育快乐读书人学术交流会"，中国少年儿童新闻出版总社主办，敬一丹主持。与国际儿童读物联盟首任中国主席张明舟交流。12月10日，张明舟在朋友圈评论我9日的发言："祖坟上没长过文化的苗又有何妨？和同时代人一样，打工子弟孙云晓也没有书读，直到11岁，他意外获得一包禁书。从此他对阅读和文学产生浓厚兴趣，并一发不可收拾。在11岁那年，他悄悄立志成为作家，单日记就坚持书写了50年，风雨无阻。这样的人不成为大作家才怪。英雄不问出处，何虑平凡出身！"

日记234：

我特别喜欢与有思想、有智慧的人聊天。2019年1月21日中午，与国际象棋冠军谢军在北京金源西贝店聚会，长谈4小时，改变了我对棋艺的许多认识。24日下午游颐和园，得半字诗："半是春天半是冬，半湖碧水半湖冰。半座佛塔半倒影，半为人间半仙境。"谢军大师和诗："一座园林一座城，一脉青山一脉情。一缕柳丝一缕绿，一路欢歌一路行。"

拜访乔羽大师

日记 235：

为家乡青岛的儿歌名家刘饶民编一本精品集，是我特别想做的事情。2019 年基本完成作品精选及我的点评，并得到 92 岁著名词人乔羽题写书名《大海大海我问你》。4 月 23 日下午，我来到北京东郊一处公寓拜见乔羽大师，其女儿乔国子一直陪同在他的身边。本来只

与乔羽大师合影

是来取乔先生的题字，却聊了 90 分钟左右。我谈及刘饶民的《问大海》和《春雨》，他点点头说："好诗。"我说："您的词平易好懂，却又耐人寻味，有唐诗风韵。"他说自己从小读唐诗，唐诗是最好的诗，尤其是李白、杜甫、白居易，最有代表性。我提及《思念》的创作，他轻轻地背诵了一遍，说写过的许多词自己都能背诵。我问："怎么想到蝴蝶飞进窗口？"他说："是思念老朋友啊！"乔老爷感慨道："不知不觉 92 岁了，现在是有人说的'百年心事归平淡'。"2022 年 6 月 20 日，95 岁的词坛泰斗乔羽仙逝。

亚龙湾里踏浪行

日记 236：

苏州博物馆赠送我文徵明 500 多年前手植紫藤结出的三粒种子。2019 年 3 月 4 日下午，去首师大附小见宋继东校长，谈神奇种子的来历，希望得到该校帮助，做成文脉传承的雅事。宋校长安排了"苏州博物馆'文藤种子'捐赠仪式"，请科学老师带领金鹏社团的学生来研究培育。收到第二批种子后，我于 2020 年 4 月拜托北京育英学校校长于会祥安排师生培育。倍感欣慰的是，两所学校均培育种子发芽了。

日记 237：

2019 年 3 月 17 日，应北师大儿童家庭教育研究中心的邀请，全天在海口中学出席家庭教育高峰论坛，主题为"各尽其责的家校社共育"。我以《为了儿童健康与幸福的家校共育》为题发言。3 月 18 日上午，北师大儿童家庭教育研究中心专家委员会成立，林崇德为主任，我和 7 位专家担任委员。会前与李玫瑾、康丽颖、杨咏梅在海滩散步，在椰林聊天。四人合作得诗一首："亚龙湾里踏浪行，椰子树下话人生。杏坛有情随风寄，白发携手返童灵。"

好的生活才是好的教育

日记 238：

2019 年 5 月 10 日上午，在北京 21 世纪酒店，出席中国陶行知研究会的中国儿童发展论坛。先听窦桂梅校长讲体育，随后我讲《好的生活才是好的教育》，阐述对陶行知生活教育思想的理解。我的讲演引起主办方领导的重视，特意安排记者整理我的讲演，在第 9 期《生活教育》杂志发表长篇专访。

日记 239：

带研究生的压力来自于责任。2019 年 9 月 10 日去首师大，出席 2019 届家庭教育指导专业研究生与导师见面会，见到我的第二个研究生梁丹，确定了以家庭生活教育为研究方向。师生合作，继续为《婚姻与家庭》杂志写一年的生活教育文章。我们合写的长篇论文《让家庭教育回归美好生活——家庭生活教育探析》在 2020 年第 4 期《少年儿童研究》杂志发表。特别欣慰的是，梁丹因为成果突出，同样获得国家奖学金。毕业后，梁丹成为北京一家博物馆的工作人员。

梦想是成长的发动机

● 人生回眸之九

母爱如水

  上善若水，在我看来，这是对母亲的赞美。极富智慧的老子仅仅留给世间五千言，其中多有对水的赞美，如："水善利万物而不争，处众人之所恶，故几于道。"作家林语堂解释说，水是善利万物却又最不会与物相争的。它乐于停留在大家所厌恶的卑下地方，所以最接近道。每当我默念这些千古名言，就会想起我的母亲（继母），因为母亲的性格最接近于水，并且以此润泽了我的生命。

  2016年9月中旬，我返回家乡青岛，为母亲庆贺92周岁生日。许多朋友不知道我的母亲是继母，常常惊呼我家有长寿基因。虽然没有血缘关系，但我相信，从容淡定的性格和善待一切的情怀肯定是母亲长寿的秘诀。

  关于我亲娘1960年因病去世，前文《无字家规》已经做了叙述。1962年，继母来到了我们身边。在我的印象中，妈总是伏在缝纫机边，夜以继日地为全家做衣服，也为邻居们做衣服。妈勤劳而灵巧，一些裁剪衣服剩下的边脚料，都被她做成五彩斑斓的枕巾、坐垫或套袖，给孩子做的沙包更是不计其数。

  妈识字不多，更没有什么理论，但她用自己的行为教我如何处理人际关系，特别是如何化解矛盾，这可能是我最早感受到的教育艺术。

  老子赞美水说："天下之至柔，驰骋于天下之至坚。"妈走进我们的家，走进我们每个人的心灵，足以验证老子的理论。

我的父亲 14 岁时只身从老家农村来闯青岛，吃苦耐劳，才有了我们的家。但他没有什么文化，爱喝酒，脾气暴躁，经常打孩子。我惊讶地发现，自从妈来后，父亲发脾气的次数减少了，因为妈从不与他大声争吵，总是轻言轻语地与他讲道理，直到说得父亲心服口服。

当时，我们三兄妹有的是青春期少年，有的还是儿童，岂会不犯错误？可是，我们从来没有挨过妈的打骂，连高声训斥也没有过。当我们做错事的时候，妈会把我们单独叫到身边，耐心问明白事情的缘由，仔细分析是非对错，鼓励我们勇敢面对。

有几次，我在外边与人打架。其实，少年时代的我不会打架，更不爱打架，但有时候碰上欺人太甚的事情，也会热血冲头，与人拼命，心想：就算你厉害，能打我十拳，我至少也要让你尝几个狠狠的拳脚。可是，父亲不理解孩子，他绝对不允许孩子打架，只要我打架回来，不管有没有道理，都要挨揍，这令我倍感冤屈。有时候，父亲突然火山爆发，妈一下子难以劝止，往往就用身体来护着孩子。妈为了保护我们，还挨了一些拳头，这让我非常内疚和感动。

尽管父亲的火爆脾气难以彻底改变，但我们的家越来越温馨，并且逐渐形成了遇到事情讲道理、论是非的家风。毫无疑问，这主要是妈的功劳，妈成了我们家的定海神针。当然，妈非常尊重父亲，大事小事都与父亲商量，最后与父亲形成一致的意见，由父亲出面定规矩。

后来我成为教师，成为教育研究者，很多人说我是教育专家。其实，是母亲让我懂得了什么是教育，什么是家风，什么是亲子关系的沟通，什么是家庭教育的真谛。

日子一天天过去，老父母相依相伴。有时候，母亲生病住院，父亲在家里常常六神无主，总念叨着要去医院看望。有时候，父亲生病住院，往往住不安稳，时常惦记着母亲。当两个老人在一起的时候，母亲会靠在父亲身边轻轻地聊天，甚至和父亲头挨着头说话，那亲昵的劲儿不亚于年轻的恋人。父亲生病后经常躺在床上，我每次回家看他，他总会催促我说："去和你妈说说话，你妈对咱家有大恩。"

我一直好奇，妈曾经是烟台郊区的一个富裕家庭的大家闺秀，嫁给一辈子做普通工人并且带着三个孩子的父亲，会不会感到委屈？在一次聊天时，妈坦然回答了我的疑问，说她初来青岛的生活也是动荡不安的，走进我们的家才安定下来。苦日子不可怕，好好过就会好起来。每个月收入多少，开支多少，存款多少，她与父亲都有细致的计划。我想起来了，我1978年调入北京工作时，大部分工资还是照例寄给父母的。1981年结婚时，自己手头的存款仅100元，而父母汇来1500元，在当时简直是一笔巨款。这就是父母精打细算、统筹安排的结果。

住在家里的日子，我发现妈几乎成了父亲的保健医生。因为父亲有糖尿病，妈每天给父亲打四次胰岛素针，动作不仅非常熟练，而且十分轻柔。父亲记忆力有些衰退，需要吃什么药难以记清楚，妈几乎天天为父亲配药，提醒父亲按时服药。

与妈在一起聊天的时候，她的手很少闲着。比如报纸里或礼品盒中经常夹一些广告纸，她就随手折叠成一个个纸盒，成为我们家聚餐时常用的垃圾盒。

最让我惊讶的是，妈年过九旬，仍每天坚持看报和看电视新闻，有些国家大事，竟然是她最先告诉我的，还经常发表评论，给我一些建议。每逢此时，我颇为感慨：父母都是最平凡的老百姓啊，他们历经艰难困苦，却如此顽强而乐观积极地生活。父母是我们真正的榜样啊！

正是因为父母的善良与勤俭，我们兄妹三人都孝敬父母，待人宽厚。只不过，我的教育专著是用笔写出来的，而父母的教育理念体现在生活实践中。

第二十二章
新时代需要强大的父母

　　今天的中国青少年儿童被称为强国一代,而强国一代自然需要强大的父母。许多调查数据却告诉我们,太多的父母惶惑不已,说自己不知道怎么教育孩子,甚至很多父母被指责。实际上,多数父母已经做得很好了,他们只是需要拥有自信和理性,需要得到理解和尊重,需要得到更多更好的专业支持。

在《半月谈》做亲子关系直播访谈

日记240：

2019年6月23日全天在中国儿童中心，主持新中国家庭教育70年经验与反思研讨会。此次研讨会由中教家委主办，朱永新、赵忠心、翟博、傅国亮、缪建东、吴重涵、丛中笑等专家出席。这是一次闭门的学术研讨会。6月27日《中国教育报》以两个版报道《新中国70年家庭教育经验与反思》，可谓小会大影响。7月15日，"学习强国"平台转发了我的《假期是孩子个性化发展的黄金期》一文。

日记241：

接受媒体访谈是我表达思想的一种方式。2019年6月4日上午，应新华社《半月谈》杂志社邀请，做家庭教育访谈。第12期《半月谈》杂志发表对我的专访，题为《过于放任或压制，对孩子都是灾难——专访家庭教育专家孙云晓》。7月2日晚，在《半月谈》做亲子关系直播访谈，分析一些典型案例，提出许多实用建议，在线观看直播人数23万以上。

《我有传家宝——成长必修课》

日记 242：

2019年7月13日在江苏泰州，出席第19届新教育人文教育研讨会。在会场我突发奇想，在朋友圈开孙云晓随感诗系列，当日发两首，其中一首是《忆少年宫致教师》："如果孩子是鱼，你就是大海；如果孩子是鸟，你就是天空；如果孩子是花朵，你就是春天！"

日记 243：

2019年9月3日，应全国妇联邀请，与李玫瑾担任专家嘉宾，录制央视《我有传家宝——成长必修课》的家庭教育节目，时长50分钟，22日在央视一套播出。妹妹告诉我，95岁老母亲也收看了这个节目。9月23日下午，应国家教育行政学院中国教育干部网络学院邀请，做养成教育的直播课90分钟，题为《良好习惯缔造健康人格》。10月23日录第二课，题为《九个好习惯成就孩子一生》。

诗人金波的短信

日记 244：

2019 年 10 月 26 日上午，在深圳罗湖出席 2019 家庭教育学术年会开幕式及主论坛，主题为"家国情怀与成长动力"。下午，6 个分论坛同步举办。与往年不同的是，全国政协社会和法制委员会主动与中国教育学会共同主办年会。27 日上午主论坛，我邀请鲁迅研究名家孙郁教授分析鲁迅《我们现在怎样做父亲》。我做最后一个主旨发言，题为《论少年儿童的四大成长动力》。下午去深圳图书馆，第三次为深圳市民在文化大讲堂讲演 2 小时，题为《好好做父亲》。11 月 27 日，《中国教育报》整版介绍家庭教育深圳年会。

日记 245：

2020 年 5 月 29 日，收到 85 岁著名诗人金波谈刘饶民儿歌的短信。当我想为早已仙逝的刘饶民编一本精品集时，征求过金波先生的意见，他不仅支持，还高度评价，说主编《中国儿歌》大系时，收录了不少刘饶民的作品。金波先生在短信里说："云晓，你好！得知由你来主编、点评刘饶民的儿歌集《大海大海我问你》出版，我非常欣慰。八十年代初我曾去他家探望他，那时他已患病，在家休养。他的儿歌不仅上口，便于口耳相传，有入于耳、根于心的艺术效果，还有诗的特质，抒情、想象力丰富、有审美的趣味。今天的儿歌创作应该多多借鉴。"感谢一代童诗大家的评价，这字字珠玑的分析也成为阅读刘饶民儿歌的指南。

参加家庭教育立法专家座谈会

日记246：

2020年6月9日下午，应全国人大社会建设委员会青少年室邀请，去人大会堂参加家庭教育立法专家座谈会。我谈7条修改建议：要将家庭教育定位于生活教育，走出家庭教育知识化的误区；将家庭教育定义为父母教育孩子是狭义，广义的家庭教育应包括父母与孩子相互影响、共同成长；要充分发挥教育系统的主力军作用，而不宜将教育行政部门与公安、民政等并列在一起，等等。2021年10月23日，《家庭教育促进法》在全国人大通过并颁布，2022年1月1日开始实施。

日记247：

自1970年6月1日开始写日记，到2020年6月1日，整整50年了，一个15岁养成的习惯能坚持半个世纪之久，连我自己都惊叹不已。没有任何人强迫我写日记，持之以恒的原因可能是梦想的追求与内心愈来愈深厚的情感体验。人的成长需要一日三省吾身，而写日记就是最好的方式。与自己对话成为越来越强烈的需要，写日记才得以坚持下来。而写日记就像农夫收获一样，要仔细盘点，当然也会收获苦涩的教训。自从有了博客、微博和微信，我仍每天都思考和记录，并将其视为日记中公开的部分。人生中的许多事情是难以把控的，而把控自己的有效方式就是坚持写日记。谢谢50年的日记，给了我最好的陪伴与支持。

《家校合作共育
——中国家庭教育的新趋势》

日记 248：

2020年10月22日上午，为河南省教育厅关工委家庭教育指导师培训班讲课，主要谈生活教育与习惯养成。这已经是持续第14年的培训项目。26日在北师大线上论坛做90分钟讲演，题为《家庭生活教育的核心、条件和方法》，同名文章在2021年第2期《中国教师》杂志刊出。

日记 249：

经过两年多的撰稿和约稿及编辑工作，我主编的《家校合作共育——中国家庭教育的新趋势》一书于2020年12月由中国人民大学出版社出版。该书对于近10年的家庭教育状况和发展趋势做出了总结性分析。12月11日，应邀出席《父母必读》创刊40年的活动并做大会发言。《父母必读》随后发表我的文章，题为《今天我们怎样做父母》。12月13日上午去职工之家，出席中国教育三十人论坛家庭教育论坛，张志勇主持，我以《呼唤儿童友好的价值观》为题发言。

《新时代需要强大的父母》

日记 250：

中国教育学会的家庭教育论坛一向是专业而盛大的。2020 年 12 月 19 日，中国教育学会主办的家庭教育学术年会在腾讯新闻直播，主题为"生命需要陪伴"。在朱永新致辞后，我和吴重涵、孙宏艳、卢勤相继讲演，我讲演的题目为《孩子需要什么样的陪伴》。2 个多小时的年会，竟有 66 万人在线收看，其传播速度与规模创下记录。2020 年的年会对我而言是一个句号。2021 年 1 月，教育部聘请我为家庭教育指导专委会副主任。9 月，中国家庭教育学会换届，推选我为副会长。因为兼职受限，我辞去了担任 7 年之久的中国教育学会家庭教育专业委员会常务副理事长职务。

日记 251：

2021 年 11 月 3 日，《人民政协报》教育在线周刊发表我的长篇文章，题为《新时代，如何做强大的父母》。我的核心观点是：理性爱成就强大父母，强大父母强在教育素养。11 月 9 日，《人民日报》新媒体平台发表我的文章，题为《孙云晓：父母需要的不是指责而是专业支持》。2022 年 1 月 15 日，山东卫视《五洲四海山东人》节目播出对我的专访，题为《家庭教育如是说》。2022 年第 1 期《中华家教》杂志发表我的论文，题为《幸福人生需要什么样的童年》，这也是我在"双减"政策下家庭教育的发展方向研讨会上的发言。

《家庭教育主体责任》

日记 252：

  2022 年 1 月 20 日晚上，中国教育学会家庭教育专业委员会理事长朱永新组织专家解读《家庭教育促进法》，我应邀撰写了第八章《家庭教育主体责任》，该书由新华出版社出版。5 月 9 日是《家庭教育促进法》实施后第一个家庭教育宣传周的开始，全国妇联和教育部共同推出《送法进万家 家教伴成长》线上主题活动，我应邀解答困扰父母们的问题。教育部家庭教育指导专委会编创了 50 条分学段家庭教育应知应会宣传语，被教育部和全国妇联广为推介。5 月 14 日，中国教育学会在线举办 2022 家庭教育学术年会，主题为"家庭教育与美好生活"，我应邀做题为《提高生活技能 孩子终身受益》的主旨发言。我的发言稿在 15 日《中国教育报》家教周刊头版头条发表。10 月在上海陪伴小外孙。为了庆祝《家庭教育促进法》颁布一周年，23 日为上海家长和学校线上课堂开直播课程，题为《父母该如何承担家庭教育主体责任》。

只因奇梦成引擎

日记 253：

50多年的日记浓缩为250余篇，犹如闪电般回顾一个人的成长史。一个学历不高的平民子弟，因为11岁迷上了文学，17岁迷上了教育，更因为这两个强烈而执着的梦想，养成了阅读、写作、讲演、合作等习惯，竟然改变了一生的命运。我感恩所有帮助过我的人，我也庆幸自己生活在中国改革开放的新时代。感谢许多朋友惦念我的病情，这里向大家报告：自2015年7月诊断为慢性淋巴细胞白血病，至2021年1月都在观察。2021年2月12日开始服用靶向抑制剂药物，至今病情稳定，感觉良好，愈加珍惜每一天的美好生活。特别感恩杨申淼教授的精准治疗。这里，我以一首小诗作为本书的结束语：

人生匆匆五十年
白发忆昔二百篇
只因奇梦成引擎
不屈狂涛扬云帆
心怀缪斯入杏坛
酸甜苦辣皆尝遍
墨海波澜多少事
童心如痴一笑闲

附录

孙云晓个人著作目录

孙云晓教育作品集（新版）

1. 《教育的魅力在生活》　　　　　　2023年，江苏凤凰教育出版社
2. 《孩子需要理性爱》　　　　　　　2023年，江苏凤凰教育出版社
3. 《良好习惯缔造健康人格》　　　　2024年，江苏凤凰教育出版社
4. 《文化反哺呼唤共同成长》　　　　2024年，江苏凤凰教育出版社
5. 《梦想是成长的发动机》　　　　　2024年，江苏凤凰教育出版社

孙云晓教育作品集（旧版）

6. 《教育的核心是培养健康人格》　　2007年，江苏教育出版社
7. 《唤醒孩子心中沉睡的巨人》　　　2007年，江苏教育出版社
8. 《教育就是培养好习惯》　　　　　2007年，江苏教育出版社
9. 《捍卫童年》　　　　　　　　　　2007年，江苏教育出版社
10. 《教育从尊重开始》　　　　　　　2007年，江苏教育出版社
11. 《与孩子一起成长》　　　　　　　2007年，江苏教育出版社

孙云晓教育研究前沿书系

12. 《习惯养成有方法》　　　　　　　2016年，浙江文艺出版社

13.《亲子关系——决定孩子一生幸福的密码》

2016年，浙江文艺出版社

14.《发现童年的秘密》　　　　　2016年，浙江文艺出版社

15.《成功智力——比智商更重要的潜能》

2016年，浙江文艺出版社

16.《五元家教法——好父母的必修课》

2016年，浙江文艺出版社

17.《孩子，你有无限可能》　　　2017年，浙江文艺出版社

孙云晓家庭教育精品课系列

18.《好习惯》　　　　　　　　　2021年，浙江文艺出版社

19.《学习力》　　　　　　　　　2021年，浙江文艺出版社

20.《亲子关系》　　　　　　　　2021年，浙江文艺出版社

儿童教育专辑

21.《我的家怎么了》　　　　　　2006年，长江文艺出版社

22.《好方法教出好孩子——孙云晓家庭教育16讲》

2010年，青岛出版社

23.《懂方法的父母成就孩子一生》　2011年，长江文艺出版社

24.《孩子，别慌》　　　　　　　2012年，中国少年儿童出版社

25.《有尊重才有教育》　　　　　2012年，作家出版社

26.《有自由才有成长》　　　　　2012年，作家出版社

27.《习惯决定孩子一生》　　　　2013年，北京师范大学出版社

28.《用心教养——孙云晓与中外心理学名家的对话》

2014年，浙江人民出版社

29.《9个好习惯成就孩子一生》　　2019年，湖南教育出版社

孙云晓与你面对面丛书

30.《教育就是以爱育爱》　　　　　2010 年，安徽教育出版社

31.《爱孩子要敢于说不》　　　　　2010 年，安徽教育出版社

32.《美好习惯决定美丽人生》　　　2010 年，安徽教育出版社

33.《每个孩子都可以成功》　　　　2010 年，安徽教育出版社

博客书

34.《教育是人的解放——孙云晓教育随笔精粹》

　　　　　　　　　　　　　　　　2009 年，安徽教育出版社

35.《让人幸福的教育——孙云晓教育随笔精粹》

　　　　　　　　　　　　　　　　2010 年，安徽教育出版社

报告文学集

36.《少年巨人》　　　　　　　　　1986 年，海燕出版社

37.《青春阶梯——孙云晓获奖报告文学选》

　　　　　　　　　　　　　　　　1992 年，贵州人民出版社

38.《唤醒巨人》（获 2004 年中国图书奖）

　　　　　　　　　　　　　　　　2003 年，安徽少年儿童出版社

39.《夏令营中的较量》　　　　　　2008 年，新世纪出版社

40.《16 岁的思索》（获第二届全国优秀儿童文学奖、百年百部中国儿童文学经典书系之一）　　　　2016 年，长江少年儿童出版社

孙云晓教育文学丛书

41. 长篇儿童小说《金猴小队》　　　2017 年，浙江文艺出版社

42. 长篇青春小说《握手在 16 岁》　2018 年，浙江文艺出版社

43. 长篇传记小说《少年探险家》　　2019 年，浙江文艺出版社

44. 长篇传记小说《孩子，抬起头》　2020 年，浙江文艺出版社

45. 长篇传记《解放孩子》　　　　　2021 年，浙江文艺出版社

后记

到 2023 年，我从事儿童教育整整 50 年了，已经出版 40 多部个人专著，所以，写作和出书的速度明显放慢了许多，原因是对质量的要求越来越高，希望真正出一点有价值的作品。感谢江苏凤凰教育出版社编辑俞婷多次热情地与我联系，希望我的教育著作能够再版，并介绍了许多推广的计划。我一向对江苏凤凰教育出版社怀有感恩之心，因为早在 2007 年，该社即出版我的一套《孙云晓教育作品集》。如今，面对多年支持我的读者朋友，我怎么能只是将旧书再版呢？于是，我开始回顾近年来的新探索，有许多学术交流和思想激荡的珍贵成果，就像积存多年的山泉喷涌而出。我陆续写下一些前沿性思考的文章，加上一些重要的讲演，这些作品都曾经引起强烈的社会反响，其中有许多较有新意和分量的作品，我愿意与大家分享。所以，我决定把广大父母和教师及家庭教育工作者最关心、也最重要的内容集中起来，出一套新版的《孙云晓教育作品集》。

一本书，凝聚着众人的心血，可谓万人糕。感谢长期给予我支持以及与我合作的朱永新、陈会昌、李玫瑾、边玉芳、康丽颖、刘秀英、孙宏艳、李文道等著名学者；感谢洪明、陆士桢、卜卫三位著名的教授为我作序，他们独特而精到的分析极大地拓展了作品集的思想内涵；感谢首都师范大学教育学硕士卢宇老朋友，她协助我做了大量的书稿整理工作；感谢江苏凤凰教育出版社各位领导和刘煜、俞婷等编辑及有关工作人员的热情与严谨，因为有你们的辛勤劳动，最终才能将书送到读者手中。

我相信这五本书是有独特价值的。当然，还要特别感谢读者朋友的鼎力支持，只有读者有效的阅读和实践，才能最终实现本书的价值。对于作者来说，读者朋友的认可是最高的奖赏！

孙云晓

2024年1月于北京云根斋

感谢您使用本书。您在使用本书时如有建议或发现质量问题，请联系我们。

【内容质量】电话：4008283622
【印装质量】电话：4008283610

图书在版编目（CIP）数据

梦想是成长的发动机 / 孙云晓著 . —南京：江苏凤凰教育出版社，2024.4
（孙云晓教育作品集）
ISBN 978-7-5743-0844-2

Ⅰ.①梦… Ⅱ.①孙… Ⅲ.①日记—作品集—中国—当代 Ⅳ.① I267.5

中国国家版本馆 CIP 数据核字（2024）第 029231 号

书　　名	梦想是成长的发动机
作　　者	孙云晓
责任编辑	俞　婷
出版发行	江苏凤凰教育出版社（南京市湖南路1号A楼　邮编210009）
苏教网址	http：//www.1088.com.cn
照　　排	南京私书坊文化传播有限公司
印　　刷	南京顺和印刷有限责任公司（电话：025-83682876）
厂　　址	南京市江宁区麒麟街道天和路78号
开　　本	787 毫米 ×1092 毫米　1/16
印　　张	18
插　　页	4
版　　次	2024年4月第1版 2024年4月第1次印刷
书　　号	ISBN 978-7-5743-0844-2
定　　价	60.00 元
网店地址	http：//jsfhjycbs.tmall.com
公 众 号	苏教服务（微信号：jsfhjyfw）
邮购电话	025-85406265，025-85400774
盗版举报	025-83658579

苏教版图书若有印装错误可向承印厂调换
提供盗版线索者给予重奖